炎のコスタリカ

リンダ・ハワード
松田信子 訳

MIDNIGHT RAINBOW
by Linda Howard
Translation by Nobuko Matsuda

MIDNIGHT RAINBOW
by Linda Howard

Published by K.K. HarperCollins Japan, 2024

炎のコスタリカ

おもな登場人物

プリシラ・ジェーン・ハミルトン・グリア ― 富豪の娘
グラント・サリバン ―――― 元アメリカ政府諜報部員
マヌエル・トゥレゴ ―――― コスタリカ国家保安委員会長官
アルフォンソ ―――― トゥレゴの手下
ジェームズ・ハミルトン ―――― ジェーンの父
ケル・サビン ―――― グラントの元同僚。諜報部員

1

自分もこんなくだらないことをするには年をとりすぎた。グラント・サリバンは、いらいらしながら考えていた。ジャングルには二度と足を踏み入れたりしないと心に誓ったばかりなのに、こんなところにうずくまって、いったいなにをしてるんだ？　遊ぶことにしか興味がないようなあの娘を救いだせと言われたって、見たところどうも、当の本人が助かりたくないらしい。笑ったりふざけたり、プールサイドに寝そべったりして、実に楽しそうじゃないか。夜は夜で、遅くまで中庭でシャンパンを飲んで騒いでいる。彼女の父親は娘がひどい拷問にかけられていると思って、心配でなにも手につかないというのに、娘のほうはまるでリビエラで休暇を過ごしているかのようにのんびりしている。拷問を受けていないことだけは確かだ。拷問に苦しんでいるのは、むしろこのぼくのほうさ。こう考えるとグラントはますます腹がたってきた。蝿（はえ）や蚊には刺されるし、汗は滝のように流れでるし、長いあいだじっと座っているために脚がずきずきする。おまけにこの湿気でたくさんの古傷が痛みだした。確かにぼくは年をとりすぎた。

グラントは三十八歳で、人生の半分以上を戦争にかかわって過ごしてきた。それですっかり疲れてしまった彼は、毎朝同じベッドで目ざめることだけを望んで、去年自分から申しでて諜報部員の仕事をやめた。仲間もいらなかったし、忠告もなにもほしくはなかった。ただひとりきりになりたかった。芯まで燃えつきてしまったのだ。

ほかの人間と会ったり話をしたりすることのない山奥に引っこんで洞穴で生活するようなことはしなかったが、テネシーの山地のすぐそばの荒れはてた農場を買いとって緑の中で疲れを癒していた。それでも、十分遠くまで逃れたとは言えなかった。彼らはどこからかぼくの居場所をつきとめ、仕事を依頼してくる。まったくうんざりだ。ジャングルに関する経験と専門的技術を必要とする仕事があるときはいつでも、グラント・サリバンの登場を願うってわけだ。

中庭でなにかが動いた。彼は大きな葉を注意深くほんのわずかだけ動かして、視界を広げる。あの女がいる。ひらひらしたサンドレスにハイヒールをはいてめかしこみ、やけに大きなサングラスをかけていた。本を一冊と冷たくてうまそうな飲みものが入ったグラスを持って、プールサイドのデッキチェアに優雅にからだをもたせかけている。そして、農園内を巡回している警備員たちにむかって手をふり、えくぼのある笑顔を見せた。

魅力的な娘だ。自分がどれだけ〝自立している〟かを証明しようと世界中を歩きまわったりしないで、おとなしくパパに守ってもらっていればよかったんだ。おそらく彼女は、自分がスパイ事件の中心人物のひとりであることにも気づいてはいないだろう。

この事件には少なくとも三カ国の政府といくつかのグループが関係していて、互いに敵対しあい、先を争って行方の知れないマイクロフィルムを見つけだそうとしている。これまで彼女が殺されずにいるのは、彼女がどれだけのことを知っているのかだれにもよくわからないからだ。彼女はジョージ・パーサルのスパイ活動にかかわっていたのだろうか。

それとも彼の愛人、つまり〝高級秘書〟にすぎなかったのだろうか。彼女はマイクロフィルムのありかを知っているのか？　それとも行方不明になったルイス・マーセルが持っているのか？　ただひとつわかっていることは、ジョージ・パーサルが一度はマイクロフィルムを手にしていたということだ。しかし、パーサルは心臓発作で死んでしまった――それも彼女の寝室で。そしてマイクロフィルムはまだ見つからない。パーサルがすでにルイス・マーセルに渡していたのだろうか。そのマーセルも、パーサルが死ぬ二日前にどこかに消えている。アメリカも、ロシアも、ニカラグア解放戦線も、そして中南米のすべての反体制グループも、みんなマイクロフィルムを欲しがっていた。

いったいマイクロフィルムはどこにあるんだ？　ジョージ・パーサルはフィルムをどうしてしまったんだ？　もしほんとうにいつもの連絡相手であるルイス・マーセルに渡したのなら、マーセルはどこなんだ？

政府の諜報部員たちが、もう一カ月もこのマイクロフィルムを追い求めている。事件は、カリフォルニアのとある研究会社の重役のひとりが、自分の会社で開発した国家機密扱いのレーザーに関する技術を売り渡そうとしたことからはじまった。この技術を使えば、近い将来レーザー光線を用いた武器を宇宙に配置することが可能になるのだ。彼は結局、会社側から通告を受けていた政府当局の手によって取引の真っ最中につかまった。しかしふたりのバイヤーはフィルムを持ったまま逃亡してしまった。

それからバイヤーのひとりが仲間を裏切ってフィルムとともに南米に渡り、フィルムを売り渡して利益をひとりじめしようとした。やがて、コスタリカにいたアメリカの諜報部員がマイクロフィルムを買いとるべく偽装工作を計画して、フィルムを持った男と接触した。

ここから事態が完全に混乱することになってしまった。偽装工作は失敗し、諜報部員はなんとかマイクロフィルムを手に入れたものの深い傷を負ってしまったのだ。その時点でフィルムを破壊していればよかったのだが、フィルムは破壊されなかった。

その諜報部員はジョージ・パーサルにフィルムを渡した。仕事の関係で頻繁にコスタリカに出入りできるパーサルは、女性とのつきあいが派手であることをのぞけばどう見ても実直な実業家という感じでスパイとはとても思えない人物だった。この世界でもルイス・マーセルを含めたほんの数人の諜報部員にしか顔を知られていなかったので、自由に動きまわることができた。

ルイス・マーセルがパーサルと接触することになっていたが、なんの報告もないままマーセルは消えてしまった。そのあと、いつもしゃくにさわるほど健康そうだったパーサルが、心臓発作で死んでしまった——。そしてマイクロフィルムのありかを知るものはだれもいない。アメリカ政府は、その技術が他国に流出しないよう、なんとしてでもフィルムをとり戻そうとしていたし、ロシアも同じくらい熱心にフィルムを捜している。また、南半球の革命勢力もこぞってフィルムの行方を追っていた。そのちっぽけなフィルムがもたらす巨額の金で兵器工場を買収すれば、革命をいくつも起こせるかもしれないからだ。コスタリカ国家保安委員会の長であるマヌエル・トゥレゴは、非常に利口な男だった。いやな人間だが、頭だけは切れる。グラントはそう思っていた。トゥレゴは即座に、プリシラ・ジェーン・ハミルトン・グリアを誘拐して厳重に監視された奥地の〝農園〟に連れ去ってしまったのだ。おそらく彼は、保護してあげるためだとでも言ったのだろう。彼女はそれを疑いもせずに、保護してくれていることに感謝さえしているのかもしれない。トゥレゴは確かにいままでプリシラを傷つけるようなことはしていない。彼女の父親は非常に裕福で影響力のある人物なので、絶対に必要なとき以外は怒らせるのは得策ではないと心得ているのだろう。いまは待機戦術をとって、マーセルとマイクロフィルムが現れるのを待っている。もっとも、人質が手中にあるのだから、ただ待っているだけでもない。彼女がなにかを知っていても、知らなくても、とにかく交渉のための道具としては価値がある。

娘がいなくなったその瞬間から、父親はひどくとり乱して、政界に圧力をかけて協力を要請したが、だれもトゥレゴのもとから彼女を連れだすことはできなかった。そもそもアメリカ政府は、マーセルが見つかるまで彼女を救出するつもりはなかった。彼女がとらえられているかぎり、マイクロフィルムのありかを知っているのは彼女なのかマーセルなのかはっきりしない。そんな混乱に乗じてマーセルはうまく追手を逃れられるかもしれないからだ。

そのような政府の対応に業を煮やして、ジェームズ・ハミルトンはついに、自分でことを運んでやろうと決心した。しかし、大金をつぎこんで娘の居場所を探りだしたものの、厳重な警戒がなされている農園には近づくことができない。大量の人間を送りこみ中に押し入りでもしたら、娘が戦闘に巻きこまれて殺されてしまう可能性が強い。身動きできずにいたそのとき、だれかが元諜報部員グラント・サリバンの名を口にした。

ジェームズ・ハミルトンはふたたび財力にものを言わせ、テネシーの農場に引きこもっていたグラントを見つけだすと、それから二十四時間もたたないうちに、広大な邸宅の図書室で、グラントとジェームズはむかいあっていた。娘を無事に連れ戻してくれるなら、グラントの農場が抵当となっている借金をすべて返済できるくらいの報酬を払う、というのが取引条件だった。顔に深いしわを刻み、死にもの狂いになっているその父親を見て、グラントは金のことはさておき、引きうけることにしたのだった。

とはいえ、その娘を救いだすのは、途方もなく困難で、ほとんど不可能なことのように思われた。農園の警備態勢を破って侵入することはできるだろうが、彼女を外に連れだすとなると、また話が違う。それだけではない。グラントの個人的経験からすれば、いくら居場所を見つけたとしても彼女が確かに生きているという保証はないのだ。誘拐されてから彼女の身にどんなことが起こったかしれない——。だが、それは考えないようにした。

ジェームズ・ハミルトンの邸宅を出てハイウェイを一キロ半ほど行ったところで、バックミラーに目をやると、ブルーのセダンがうしろからぴったりつけてくるのが見えた。グラントは冷たい笑みを浮かべて片方の眉をつりあげると、車を道路のはしにとめた。

煙草(たばこ)に火をつけて、ゆっくりと煙を吸いこむ。ふたりの男が自分の車に近づいてくるのを待って声をかけた。「やあ、カーティス」

テッド・カーティスは身をかがめて、にやにやしながら中をのぞきこんだ。「きみに会いたがってるのがだれだかあててみるか？」

「知りたくもないが」グラントはいらいらして言った。「しかたがない、会うから先導してくれ。バージニアまでわざわざドライブしなきゃならないわけじゃないだろうな」

「いいや、隣の町までだ。モーテルで待ってる」

サビンがわざわざ本部をはなれて出むいてきたというだけで、事件がいかに重大なものなのかグラントにはわかった。

ケル・サビンとは昔からの知りあいだった。あの男はものに動じるような神経は持ちあわせていないし、血管には氷のような液体が流れている。そばにいると居心地が悪くなるようなタイプの男だったが、グラントは自分にも同じことが言えるのを知っていた。ふたりとも、いかなる法律も存在しないジャングルの中で生活した経験から、地獄がどんなものだかよく知っていた。ふたりの違いというのは、サビンはジャングルの冷たい暗がりの中にいるのが好きだったが、グラントはもう耐えられないということだった。あまりに極端な状況に置かれていると、人間らしさを失ってしまうような気がしたのだ。自分がだれなのかも、どうしてそこにいるのかもわからなくなりかけて、自分が生きていると感じられるのは敵を追跡しているときだけ、というありさまだった。そしてあるとき一発の銃弾に危うく命を奪われそうになって、グラントは逆に救われた。自分をふりかえる時間が与えられ、ジャングルをぬけだす決心がついたからだ。

二十五分後、グラントはコーヒーの入ったマグカップを手に抱え、コーヒーテーブルにブーツをはいた足を気楽にもたせかけてつぶやいた。「さあ来たぞ。用件を言ってくれ」

ケル・サビンは身長百八十三センチで、グラントより三センチほど低い。頑丈な筋肉質の体格で、現場をはなれたいまでも身体の鍛練に気をつかっていることがわかる。髪と目は黒く、肌はオリーブ色で、内に秘めたエネルギーがはなつ冷たい炎が近よりがたい雰囲気を生みだしていた。彼の感情を読むのは不可能だったし、獲物に忍びよる豹のようにぬけ目がなかったが、グラントはサビンを信頼していた。親しみの情を見せるような男ではなかったから、けっして好きだとは言えなかったが、二十年ものあいだふたりはともに人生を歩んできて、ほとんどお互いの一部であるような関係になっていた。

ケル・サビンは危険な男だ。敵対関係にある国の政府は、彼に近づくためなら喜んで大金をはたくだろう。しかし、サビンは光の中からぬけだしてきた影にすぎない。灰色の霧にまぎれて兵士たちに指示を送るだけなのだ。

サビンは黒い目にちらりとも感情を表さず、くつろいだようすでむかい側に座っている男を観察した。本心をごまかすためにわざとのんびりしゃべっているのはわかっている。

グラントは現役のころよりもやせて引きしまったようだ。一年間活動していなくても、いまなおグラント・サリバンにはどこか野性的なところがあり、危険で荒々しい雰囲気があった。警戒するようにたえず動いている琥珀色の瞳のきらめきの中にそれを読みとることができる。まっすぐな褐色の眉の下で鷲の目のように険しい金色の光をはなっている瞳だ。褐色がかったブロンドの髪はくしゃくしゃにもつれ襟もとでカールしていて、あまり文明的には見えない。おまけに肌は真っ黒に日に焼けている。あごの小さな傷はあまり目だたなかったが、左のほお骨を横切る細長い銀色のラインがブロンズ色の肌と対照的だ。

ハミルトンの娘を救出するのに最適の人物といえばグラント・サリバンしかいない。サリバンはジャングルに溶けこみ、ジャングルを利用して、ジャングルの一部となることができる。コンクリート・ジャングルでも力を発揮できるが、緑色の戦場で彼にたちうちできるものはいない。

「彼女を助けにいくのか？」サビンは静かな調子でたずねた。

「ああ」

「それなら詳しいことを話そう」グラントがもはや秘密情報の使用許可を持っていないことなどまったく無視して、サビンは紛失したマイクロフィルムについて話しはじめた。ジョージ・パーサルと、ルイス・マーセルと、命をかけた追走ゲームと、その真ん中にいるプリシラ・ジェーン・ハミルトンについても話した。彼女はマーセルのための煙幕として利用されているのだった。サビンはマーセルの身を少なからず案じていた。マーセルは身を隠すような男ではないし、コスタリカはそれほど平穏な場所ではない。彼の身になにが起こっても不思議はないが、どこかの国の政府やゲリラグループの手中に落ちているようすはない。その証拠に、いまだにだれもが彼の行方を追っているし、マヌエル・トゥレゴとアメリカ政府以外のだれもがプリシラを捜している。コスタリカ政府でさえトゥレゴが彼女を手中にしていることは知らない。トゥレゴは彼自身の判断だけで行動しているからだ。

「パーサルがかかわっていたとは意外だったな」サビンはいらだたしげに言った。「彼はプロのスパイではない。彼に関する資料もないんだ」

サビンでさえ情報がつかめていないと言うのなら、パーサルは意外な人物どころか、まったく目に見えなかったのだとしか言いようがない。「どうしてこんなことになったんだ？」グラントはそう言って、目を細めた。いまにも眠ってしまいそうに見えるが、そうでないことをサビンは知っている。

「うちの部員が途中で工作に失敗して、追手が迫っていた。彼はマーセルを見つけることはできなかったが、パーサルと連絡がとれたんだ。フィルムはうまくパーサルの手に渡ったが、パーサルがそこから姿を消したので大騒動がはじまったというわけだ」

「うちの部員はどうなった？」

「生きてるよ。しかし、われわれが彼を助けだしたときには、トゥレゴがすでに彼の居どころをつきとめたあとだった」

グラントはうなった。「それじゃあ、彼がパーサルにフィルムを破壊するよう指示していなかったことをトゥレゴは知っているんだな」

うんざりしたようすでサビンは答えた。「だれだって知ってるよ。あんなところでは秘密を守ろうとしてもむりだ。手に入った情報はどんなものでも売ってやろうという連中がわんさといるからな。トゥレゴの組織にも情報を流すやつがいて、翌朝には周知の事実になってしまったんだ。そのうえパーサルがプリシラの寝室で心臓発作を起こして死んでしまった。そしてわれわれより先にトゥレゴがあの娘を連れ去った」

「それで彼女はマイクロフィルムについてなにか知っているのか？」

「わからない。わたしは知らないだろうと思うがね。パーサルには、プリシラのもとを訪れる前に、マイクロフィルムを隠す時間の余裕が十分あった」

「まったくどうしてパパのところでおとなしくしていられなかったんだ」グラントはつぶやいた。

「ハミルトンは娘を救出させようとして大騒ぎしているが、どうもうまくいかないようだ。あの娘は遊び好きでね。離婚もしてるし、楽しむことしか興味がないんだ。だから、ハミルトンは何年か前に娘を勘当してしまった。それ以来プリシラは世界中をうろつきまわっている。二年ほどパーサルと暮らしていたことはだれでも知っているよ。パーサルは派手な女性を連れて歩くことが好きだったし、そうするだけの金もあった。あの娘のようなタイプにぴったりののんきな道楽者さ。しかしまさかスパイだとは。わたしをだましとおせるほど切れる男だとは思ってもみなかった」

「どうしてきみが自分で行って、娘を助けだしてこないんだ？」突然グラントは目を開いて冷たい視線をサビンにむけた。

「ふたつ理由がある。第一に、わたしはフィルムの発見に全力をそそがなければならない。つまりルイス・マーセルを見つけなければならないんだ。第二に、この仕事はきみがいちばんの適任者だということ。そう思ったからこそ、ハミルトンがきみのことを知るようにしむけたんだ」

つまり、サビンは娘を助けだすために動こうとしているのだが、いつものように、直接手はくださないというわけだ。サビンは舞台裏にいてこそ効果的に動ける。

「きみはなんの問題もなくコスタリカに入国できるだろう」サビンは言った。「わたしがすべて手配しておいた。しかし、もし娘を救出できなかったら――」

グラントは立ちあがった。静かだが危険な雰囲気が漂っている。「わかっている」彼は落ちついた声で言った。もし彼女がマイクロフィルムのありかを知っているとなれば、頭に弾丸が撃ちこまれるだけではすまない。口にこそ出さなかったが、もっと残酷な仕うちを受けるだろうということはふたりともわかっていた。いまは安全策のためにとらえられているだけだが、あのマイクロフィルムが出てこなければ、最終的に彼女が唯一残された手がかりということになる――。

こういうわけでグラントは、コスタリカの熱帯雨林の奥深く、ニカラグアとの国境のすぐそばにいるのだった。あたりには、反逆者や兵士や革命家、あるいは単なるテロリストなどのグループがうろうろして、平和で質素な暮らしを望んでいる人々を苦しめていたが、そんな悲惨な生活も彼女にはなんの関係もないらしい。熱帯のプリンセスにでもなったかのように、冷たい飲みものを上品にすすっている。

今夜が決行のときだとグラントは思った。プリシラや警備員たちの日課もわかったし、しかけられているわなもすべて見つけてある。夜中にジャングルを移動したくはなかったが、選択の余地はなかった。彼女がいなくなったことに気づかれる前に、彼女を連れて逃げなければならないのだ。さいわいプリシラは毎朝早くとも十時まで眠っているから、十一時ごろまで姿を現さなくてもだれも気づかないだろう。そのころまでには遠くに行ってしまっているはずだ。明日の朝、夜が明けたらすぐにパブロがヘリコプターでやってきて、指定された空地で自分たちを拾いあげることになっている。

グラントはゆっくりと後退しはじめた。生い茂った草木の中をじわじわと這(は)っていく。完全に姿が隠れるようになるとようやく立ちあがって、静かに自信に満ちた足どりで歩きはじめた。わなも探知機も、すでに始末している。この三日間ジャングルの中にいて、警戒しながら農園の周囲を見てまわり、注意深く家の間どりを調べた。娘がどこで眠っているか、どこから入っていけばいいかもわかっている。願ってもないことに、トゥレゴはいまこの農園にはいない。前日にここを出たが、夕暮れが迫っても帰ってこないということは、今夜はもう戻ってこないということだ。暗闇(くらやみ)の中で川を行ったり来たりするほどまぬけな男ではない。

川がどれだけ危険なのかはグラントもよく知っている。ジャングルを通って逃げることにしたのもそのためだ。だが彼らは、当然川をくだって逃げると思うだろう。パブロが拾ってくれる前に追手が来ても、しばらくのあいだは川のあたりを集中的に捜索するはずだ。

家の中へ入るまではあと数時間待たなければならない。こんなときはだれでも疲れてうんざりして眠くなるものだ。グラントは荷物を隠しておいた小さな空地へむかい、注意深く蛇がいないかどうか確かめた。ベルベットのフェルドランスという猛毒の蛇が獲物を求めて地面にひそんでいたりするからだ。空地が安全なことを確かめると、彼は倒木の上に座って煙草を吸った。水を飲んだが、空腹ではなかった。明日になるまで食欲はわかないだろう。ひとたび活動をはじめてしまうと、なにも食べられなくなるのだ。

ひどく興奮し、すべての感覚がとぎすまされて、ほんのかすかな物音でも雷のように鼓膜にぶつかってくる。ただ待っているのは耐えがたかったが、とにかく待つしかない。グラントはふたたび時計を見て、三十分しかたっていないことに気づいて眉をひそめた。

極度にはりつめた神経を落ちつけるために、武器や弾薬をチェックする。こんなものを使わずにすめばいいが。娘を生きたまま救いだすには、なによりも音をたてないようにしなければならない。ライフルやピストルを使うと、自分たちの居場所を知られてしまう。

どうせなら音をたてず確実に殺すことのできるナイフのほうがいい。

汗が背筋を流れ落ちた。連れだすときに大声でわめかず口を閉じているだけの分別が彼女にあるだろうか。やむをえない場合には気絶させてしまうつもりだったが、そうすると、生きものの指のように足にまつわりついてくる草木の中をかついで歩かなければならない。

恋人をいとおしむように細く長い指でナイフをもてあそんでいる自分に気づき、グラントはナイフをさやの中に押しこんだ。なんてことだ！　彼女のせいで戦場に引き戻され、緊張感がふたたび自分をとりこにしている。迫りくる危険はどんな麻薬にも負けないほど魅惑的で、からだのすみずみにまで入りこんで自分を燃えたたせ、酸のようにむしばんでいく。それが自分を破壊すると同時に、生きている実感を強く味わわせるのだ。これもみんな、遊び好きのあの娘のせいなんだ。その無節操さのおかげでまだ生きているのかもしれない。なにしろあのトゥレゴが女を愛する情熱家気どりでいるんだから。だが彼女は、ジャングルの夜の音が聞こえはじめた。かん高い猿の鳴き声、夜行性の動物がたてる葉音や鳥のさえずりなどが聞こえたが、グラントはべつに気にしなかった。ジャングルは自分の家の庭のようによく知っている。もともとの素質と、少年のころに南ジョージアの湿地で身につけた技術とが組みあわさって、川辺をうろつきまわる豹と同じくらいジャングルに溶けこんでいた。生い茂った木々の枝はまったく光を通さなかったが、懐中電灯はつけなかった。動きだすときに目が完全に暗闇に慣れているようにしておきたかったからだ。聴覚と直感に頼って、近くに危険がないことを確かめる。危険なのは人間たちであって、臆病（おくびょう）なジャングルの動物たちではない。耳慣れたいつもの物音に囲まれているかぎり、近くに人間はいないと安心できる。

真夜中になってようやくグラントは立ちあがり、記憶にとめておいた道を慎重にたどりはじめた。動物や虫たちはまったく彼の存在を警戒するようすもなく、ジャングルの騒音は絶え間なく続いていた。農園のはしにたどりつくと、かがみこんで地面を調べ、すべてが予想どおりの状態にあることを確認する。

かがみこんでいる場所から、警備員たちがいつもの位置についているのが見えた。みんな眠っているようだ。ひとりだけ周囲を巡回しているが、彼もすぐに身を落ちつけて眠ってしまうだろう。だらしないやつらだ。これほど人里はなれた場所に訪問者があろうとは思ってもいないのだろう。三日間観察してみて、彼らはおしゃべりをしたり煙草を吸ったりのほうが忙しくて、きちんと監視をしていないことがよくわかった。しかし、彼らのライフルには実弾がこめられている。グラントが三十八歳まで生きのびてこられたのは、武器の力を十分に考慮してきたおかげだ。無鉄砲な行動はしないよう心がけていた。命を犠牲にすることになるからだ。グラントは待ちつづけた。夜空は雲もなく、星が輝いていた。星明かりは気にならない。たくさんの影が彼の動きを隠してくれる。

家の左はしにいる警備員は、グラントが見ているあいだ一センチも動かなかった。眠っているのだ。敷地内を巡回していた警備員は、家の正面の柱に背をもたせかけ腰を落ちつけている。その警備員の手もとにかすかな赤い光が見え、煙草を吸っているのがわかった。いつものパターンどおりなら、煙草を吸い終わったあとで帽子を目のところまで引きずりおろし、夜どおし眠っていてくれるはずだ。

幽霊のように音もたてずグラントはジャングルを出て敷地内に入りこみ、木の茂みから茂みへ黒い影の中を移動した。そして音をたてないようにベランダにのぼり、壁にはりついて状況をチェックする。静かで平和だった。警備員たちはわなをあてにしすぎている。はずされてしまう可能性など考えてもいない。

プリシラの部屋は裏手のほうにある。ドアは二重のガラスの引き戸だ。鍵がかかっているかもしれないが心配はいらない。錠前の扱いかたは心得ている。グラントはドアにそっと近より、音をたてないようにドアを引いた。ドアが簡単に動いたので思わず眉をつりあげる。鍵もかかっていないとは。

そっと、そっと、一度に数ミリずつ、自分が滑りこめるだけのすき間ができるまでドアを開く。部屋に入るとすぐに立ちどまり、目がふたたび暗闇に慣れるまで待った。星の光を見たあとでは、部屋の中はジャングルと同じくらい暗いように思われる。ぴくりとも動かず、身がまえたまま聞き耳をたてながら待ちつづけた。

すぐにあたりが見えるようになった。部屋は大きくて風通しがよく、ひんやりした木の床には、わらのマットが敷いてある。ベッドは右手の壁際にあるが、幾重にも折り重なった蚊帳におおわれてぼんやりとしか見えない。蚊帳を通して、くしゃくしゃになった寝具が小さくもりあがっているのがわかる。椅子がひとつと小さな丸いテーブルと背の高いフロアランプが、ベッドのこちら側にある。左側のほうは暗くなっていたが、浴室に続いていると思われるドアが見えた。また、壁際に大きな衣装だんすがある。

獲物に忍びよる虎のように音もなく、グラントは壁に沿ってゆっくりと移動し、衣装だんすのそばの暗闇に溶けこんだ。すると、ベッドのむこう側に椅子が見えた。長くて白い服が椅子の上にかぶせてある。たぶんバスローブかナイトガウンだろう。プリシラが裸で寝ているのかもしれないと考えてグラントは内心にやりとしたが、ほんとうにおもしろがっているわけではなかった。もし実際に裸で寝ていたら、起こしたときに山猫みたいに騒いで抵抗するだろう。お互いのために、服を着ていてほしい。

グラントはベッドの上から目をそらさずに近づいていった。なんて静かに眠っているんだ——。そのとき突然、首のうしろのうぶ毛が危険を告げるように逆だった。思わずわきに飛びのくと、首にではなく肩に一撃を受けた。グラントは床の上に転がり、襲撃者とむかいあおうと立ちあがった。しかし、部屋は静まりかえり、なにも動く気配を見せなかった。ベッドで寝ている女さえも動かない。グラントはふたたび影の中に姿を隠して、かすかな息づかいや衣ずれの音に聞き耳をたてた。部屋の中は耳がおかしくなりそうなほど静かだ。襲ってきたやつはいったいどこにいるんだ？　どうやら自分と同じように影の中にまぎれてしまったようだ。

いったいだれなんだ？　この部屋でなにをしている？　彼女を殺すために送りこまれたのか、それとも、彼女をトゥレゴのもとから連れだそうとしているのか？

いた！　ほんの一瞬かすかな動きがあっただけだが、相手の位置を知るにはそれで十分だった。グラントは身をかがめ、それから目にもとまらぬ速さで前に飛びだし、襲撃者をはじきとばした。相手は倒れて床に転がったが、しなやかに身をひるがえして立ちあがった。スリムな人影が白い蚊帳を背景に浮かびあがる。足を蹴(け)りだしてきたので、グラントは素早く身をかわした。その足はグラントがあごに空気の動きを感じるほど近くを通りすぎていった。彼はそっと近づいていき、相手の腕をしびれさせるほどの一撃を加えた。腕がだらりとからだのわきに垂れる。冷淡に、なんの感情も示さず、息を荒くもせず、グラントはほっそりした襲撃者のからだを投げだした。すぐさまひざまずいて片膝で動けるほうの腕を押さえ、もう片方の膝で胸のあたりを押さえつけた。

　とどめの一撃を加えようとして手をあげたとき、なにかおかしなもの、なにか柔らかいものが膝の下で波打っているのに気がついた。そうか。ベッドの上の人影があんなに静かだったのは、人間ではなくふとんのかたまりだったからだ。彼女は寝ていたのではなく、グラントが入ってくるのを知って影の中に隠れていたのだ。でも、どうして悲鳴をあげなかったのだろう？　ぼくを打ち負かす見こみもないのに、どうして攻撃してきたんだ？

　グラントは膝をずらし、自分の重みで息をとめてしまわなかったかどうか確かめるために、胸のやわらかなふくらみの上に手を滑らせた。すると、息を吸って胸が上下するのが感じられ、それからかすかなあえぎ声が聞こえた。

「だいじょうぶだ」グラントがささやく。彼女は突然床の上でからだをねじり、彼から逃れて、膝をさっと蹴りあげた。まったく無防備なところに彼女の膝がもろにぶつかってきて、激痛がからだ中を走る。赤い光が目の前にちらつき、グラントはうめき声をあげないように歯をくいしばりながら片側に倒れこんだ。

彼女が身を引く。恐怖のためか、すすり泣いているようだ。苦痛にかすんだ目でグラントは、彼女がなにか黒っぽいものをつかむのを見ていた。彼女はすぐに開いているガラスのドアから滑りでて見えなくなった。

猛烈な怒りにかられて、グラントは立ちあがった。彼女は自分ひとりで逃げだすつもりなんだな。すべての計画が水の泡になってしまうじゃないか！　からだの痛みも忘れて、グラントは彼女のあとを追いはじめた。このお返しはしてやるぞ！

2

ちょうど食料が入った包みに手をのばしたとき、ジェーンは本能的にだれかがそばにいることを悟った。物音はしなかったが、不意にほかの人間の存在に気づいたのだ。首のうしろと腕のうぶ毛が逆だち、凍りついたようにおびえたまなざしを両開きのガラス戸のほうにむける。ドアは音もなく開き、男の影がほんの一瞬闇（やみ）を背景にして浮かびあがるのが見えた。大男なのに、まったく音をたてずに動いている。不気味なほど静まりかえっているのがなによりも恐ろしく、からだ中にぞくぞく寒気が走った。もう何日も神経をはりつめた生活をしている。トゥレゴの疑念をうまくはぐらかす一方でたえず逃亡の機会をうかがうという綱渡りをしているあいだ、必死で恐怖を押し殺してきたのだ。しかし、部屋に忍びこんできたこの黒い人影ほど恐ろしいものはなかった。

トゥレゴにこのジャングルに連れてこられたときに、だれかが救いだしてくれるかもしれないというかすかな希望も消えてしまった。現実的に判断して、自分を救いだそうとしてくれるのは父親だけだろうが、父親の力ではむりな仕事だ。頼れるのは自分しかいない。

身を守るために、頭が弱くて害のない娘だとトゥレゴに信じこませようとして、できることはなんでもやった。それはうまくいったようだが、もう時間がない。

前日に副官役の男がトゥレゴのもとに緊急のメッセージを伝えにきたとき、ジェーンは盗み聞きをした。ルイス・マーセルの居場所がわかったらしい。トゥレゴがなんとしてでもつきとめたがっていたあのマーセルの居場所が。

おそらくいまごろはもうトゥレゴも、マーセルが行方不明のフィルムのことなどなにも知らないことがわかっているはずだ。となれば、わたしが唯一の容疑者だと考えるだろう。今夜のうちに逃げなくては。トゥレゴが戻ってくる前に。

ここに来てからずっと、ジェーンは注意深く見はりたちの行動を観察した。特に夜は暗闇が恐ろしくて眠れないので、ガラス戸から外をうかがい、見まわりの時間を確かめ、彼らの習慣を細かく記憶した。そうやってせっせとなにかにとりくむことで、恐怖心を抑えてきたのだ。夜が明けて空が明るくなりはじめるころ、彼女はようやく眠りに落ちた。ここに来た最初の日から、ジャングルの中へ逃げださなければならなくなる事態に備えて、準備を重ねてきた。食料や必要なものをこっそり持ちだして蓄えておき、決意をかためてこれから起こることを待ち受けていた。このままトゥレゴのもとにいたらなにをされるだろうと考えるだけで、夜の悪魔が待っている真っ暗なジャングルに逃げだす勇気さえわいた。

だが、寝室の中を動いているその黒い人影ほど彼女の恐怖をあおったものはない。ジェーンは暗がりの中へあとずさりしていった。身の危険を感じるあまり、息もできない。どうしてあの人はここにいるの？　ベッドの中のわたしを殺すため？　見はりのうちのひとりが、よりによって今夜、わたしを襲いにきたのかしら？

男が少し身をかがめ、彼女の前を通りすぎてベッドに近づいていったとき、ジェーンは無性に腹がたってきた。こんなに苦労してきたのに、脱出計画をふいにされてたまるものですか！　暗闇のこわさをなんとか克服し、自分を励ましてやっとここまで来たのよ。こんな男のせいであきらめるわけにはいかないわ！

護身術の講習で教わったように、彼女はあごを引いて、こぶしを握りしめた。そっと近よると男の首のうしろをねらって打つ。と同時に男の姿が見えなくなり、彼女のこぶしは男の肩にあたった。すぐにまた恐ろしくなって衣装だんすの陰に引きさがる。目をこらしてみたが、男の姿は見えなかった。亡霊か、それとも空想の産物だったのかしら？　でも、がっしりした肩にこぶしがあたった感触は本物だったし、ガラス戸の白いカーテンがひらひらと揺れているから、ドアが開いているのは確かだわ。男はこの部屋のどこかにいる。

でもいったいどこに？

そのとき、不意に男のからだが横からぶつかってきて、ジェーンは床に転がり、喉からこみあげてくる悲鳴をわずかにもらした。もう勝ち目はない。無意識のうちに男の喉もとを蹴ろうとしたが、男の動きは稲妻のように素早く、攻撃を封じられてしまった。腕に強烈な一撃を受けて、肘までしびれが走る。と思う間もなく彼女は床の上に投げだされ、膝で胸を押さえつけられて息もできなくなった。

　男が腕をふりあげたので叫ぼうとしたが、身がすくんで声が出ない。男は突然動きをとめ、なぜか胸の上からからだをどけた。空気が一気に肺の中に流れこみくらくらしたが、ほっとした気分になった。男の手が大胆に自分の胸を撫でまわすのを感じると、どうして彼が位置をかえたのかがわかった。いまの状況がこわい一方で、腹がたってくる。男が無防備でいることに気づくやいなや、彼女は膝を蹴りあげた。とたんに男は片側に崩れ落ち、ジェーンはばかばかしいと思いながらも哀れみを感じた。そのとき彼女は、男が声をあげてうめいたりしなかったことに気がついた。この人、人間じゃないわ！　恐ろしさのあまりあふれてくる涙にむせかえりながらなんとかジェーンは立ちあがり、荷物をつかむとガラス戸から飛びだした。

　あたりかまわずに農園の敷地を駆けぬけていく。心臓の鼓動が激しくなった。音をたててはいけないと思ったが、逃げたいという衝動が強くて、あたりに気を配る余裕がない。

　ジェーンは地面のでこぼこにつまずいて転んでしまった。あわてて立ちあがろうとしたとき、なにか大きくて温かなものに背中を強打された。ぞっとするような恐怖感に襲われてからだ中の血液が凍りついたようになったが、叫び声も出せないうちに、男の手に首筋をたたかれ、すべては闇の中に消えていった。

どのくらいたったのだろう。少しずつ意識が戻ってきたが、上下逆さまになって揺られているせいで、状況がまったくわからない。腕の自由もきかなかった。奇妙な物音が耳に飛びこんでくる。なんの音か確かめようとしたがわからなかった。目を開いていても、目の前は真っ暗だ。いままで見たうちでも、最悪の夢だわ。ジェーンは目をさまして夢を終わらせようと、足をばたつかせたりもがいたりしはじめた。すると突然、平手打ちがヒップに飛んできた。「落ちつけ」不機嫌そうな声が、背中の上のほうから聞こえてくる。聞いたことのない声だったが、そのぶっきらぼうなまりには、彼女をたちまち従わせてしまうなにかがあった。

だんだんと事態がのみこめるようになってくる。ジェーンは頭の中でそれを整理した。男の肩にかつがれて、ジャングルの中を進んでいるのだ。腕は背中にまわされて手首がテープでとめられているし、足首もとめられている。口もガムテープでふさがれていて、うなることしかできない。彼女は、上品な母親が聞いたらショックで青ざめてしまうような言葉で、その男に対するののしりの言葉をうなりはじめた。と、かたい手のひらがふたたびヒップにあたる。

「黙っててくれないか？　かいば桶にむかってぶうぶう言ってる豚みたいだぞ」男はぶつぶつ言った。

アメリカ人だわ！　ジェーンは呆然とした。この人アメリカ人なのね！　必要以上に荒っぽいような気もするけど、きっとわたしを助けにきてくれたんだわ――。でもほんとうにそうかしら？　ジェーンは自分を手に入れたがっているさまざまなグループのことを思い浮かべた。彼らなら、アメリカ人を雇ってわたしを捜させたり、仲間のひとりを訓練して完璧な英語をマスターさせることぐらい簡単にやってのけるだろう。

だれも信用するわけにはいかないわ。だれひとり。自分だけが頼りなのよ。

男は立ちどまってジェーンを肩からおろし、そばに立たせた。彼女はまばたきをしてまわりを見ようと目をこらしたが、あたりは暗闇にすっぽりとおおわれていてなにも見えない。夜が重くのしかかり息がつまりそうな気がした。

あの人はどこ？　わたしをジャングルのまん中に置き去りにして、豹の朝ごはんになれとでもいうのかしら。まわりでなにかが動く気配がしているが、あの男だとわかるような物音はしなかった。動物の遠吠えと鳥のさえずりと木々がざわめく音ばかりが聞こえてくる。すすり泣きがこみあげてきた。とりあえず安全そうな場所まで動こうとしたが、足が縛られているのを忘れていて倒れてしまい、木の茂みで顔に引っかき傷をつくった。

低いつぶやき声が聞こえたかと思うと、ジェーンは乱暴につかまえられ、引きずられるようにして立たされた。「おい、じっとしてろ！」

ああ、まだそこにいるのね。なぜ彼にはわたしが見えるの？　いったいなにをしてるのかしら？　実のところジェーンは、彼がだれであろうと、なにをしていようとかまわなかった。彼がそこにいてくれるだけでありがたい。暗闇に対する恐怖心は消えなかったが、ひとりではないということが、いっとき恐怖を忘れさせてくれる。だしぬけに、男はジェーンをぬいぐるみの人形のように軽々と肩の上にかつぎあげた。男はしっかりした足どりで地獄のような暗闇の中を進んでいく。しなやかな力強さが揺らぐことはなかった。

くすねてきた食料などが入ったバックパックが、肩からずり落ちてきて、頭のうしろにぶつかっている。缶詰かなにかが頭にがんがんあたっていた。彼がもう少しゆっくり歩いてくれなかったら、脳震盪を起こしてしまうわ。ジャングル・マラソンかなにかだとでも思ってるんじゃないかしら。おなかが男のかたい肩に押しつけられて、からだ中が痛む。

この人がほんとうに助けにきてくれたのだとしても、これでは持ちこたえられるかどうかわからないわ。

男が一歩踏みだすごとに、しめつけられた手足の痛みがつのる。もう何日ものあいだ、男の肩の上で揺られているような気がした。吐き気がしてきたので、ジェーンは息を深く吸いこんだ。もし吐いたりしたら、口がテープでふさがっているので、窒息するかもしれない。彼女は肩の上でもがきはじめた。

「ここで休もう、プリス」どういうわけか彼女の気持ちがわかったらしく、男は立ちどまってジェーンを肩からおろし、そっと地面に寝かせた。テープでとめられた腕に全体重が乗ると、彼女は痛みのあまりうめき声をあげた。「よし、テープをとって自由にしてやろう。だが、勝手なことをしたら、またクリスマスの七面鳥みたいにぐるぐる巻きにしてしまうぞ。いいな？」

ジェーンは激しく首をたてにふりながら、どうして彼はこんなに暗くてもわたしの姿が見えるのだろうと不思議に思っていた。しかし、明らかにちゃんと見えているようで、男は彼女を横むきにして、手首のテープをナイフで切りとっていく。けいれんした筋肉をほぐすために男がジェーンの腕を手荒くマッサージしはじめると、あまりの痛さに彼女の目から涙がこぼれた。

「きみの父親がぼくをよこしたんだ。きみを救いだすために」冷静に言いながら、男は彼女の口もとから少しずつガムテープをはがした。

ジェーンは口がもとどおりに動くかどうかいろいろ動かしてみてから、かすれた声でたずねた。「パパが？」

「そうだ。さあて、プリス。足も自由にしてやるけれど、またぼくを蹴ろうとしたりしたら、さっきほど優しくはしてやらないぞ」ゆっくりした南部なまりにもかかわらず、なにかしら脅すような響きがあった。

「あなたが高校生の男の子みたいにわたしを撫でまわしたりしなければ、蹴ったりしなかったわ!」

「ちゃんと息をしてるかどうか調べただけだ」

「それにしても、ちょっと時間をかけすぎじゃなかった?」

「きみの口をふさいでおいたのは、まったく正解だったな」男が思いかえすように言ったので、ジェーンは黙った。彼の姿はまだぼんやりとした影としてしか見えていないし、名前すらわからない。だが、必要とあれば彼は一瞬も良心の呵責を感じることなくまた自分を縛りあげ、さるぐつわをすることはまちがいなかった。


男は足首のまわりのテープを切りとり、ふたたび荒っぽいが効果的なマッサージをジェーンにほどこした。そしてすぐに彼女を引っぱりあげて立たせる。彼女はからだのバランスをとり戻すまで、しばらくよろよろしていた。

「もう先はそんなに長くない。ぼくのすぐうしろについてくるんだ。ひと言もしゃべるなよ」

「待って!」ジェーンはとり乱して言った。「あなたの姿もろくに見えないのに、どうやってついていけばいいの?」

男は彼女の手をとって自分のウエストに導いた。「このベルトにつかまっていればいい」

広大なジャングルの中で、この男の存在だけが夜の恐怖から自分を守ってくれるのだ。ジェーンはズボンのウエストの中に指をかけて、必死で握りしめた。布が裂けんばかりに彼女がしがみつくので男はたしなめるように声をあげたが、ジェーンは彼をはなそうとはしなかった。

男にとってはそんなに長い距離ではなかったのかもしれないが、彼の通った跡を引きずられるようにして木の根やつるにつまずきながら歩いているジェーンにとっては、何キロも進んだように思えた。

「ここで待とう。ヘリコプターが来るまで、これ以上は進まない」やっと彼がささやいた。

「いつ来るの？」相手がしゃべっているのなら自分もしゃべっていいと思い、ジェーンは小声で聞いた。

「夜が明けて少ししたら」

「あとどれくらいで夜が明けるの？」

「三十分後だ」

ズボンのウエストを握りしめたまま、ジェーンは彼のうしろに立って夜明けを待った。一分一秒がのろのろと過ぎていくなかで、彼女ははじめてトゥレゴのもとから逃げだしたのだということを実感できた。もうわたしは安全で自由なのだ——。だが、トゥレゴは午前中にも農園に戻り、ジェーンが逃げたことを知るだろう。まだ、自分は完全に危険を脱したわけではないのだ。この人は、父に頼まれて助けにきたと言ったけど、名前も名乗らないし、なんの証明もしてくれない。手がかりは彼の言葉しかないのだと思うと、ジェーンは強い警戒心を抱いた。ふたたびアメリカの土を踏むまで、疑いなく自分が安全だとわかるまで、だれにも気を許してはならない。

そのとき、男が落ちつかなげにからだを動かした。「おいおい、いつまでそうやってしがみついてるつもりだい？」

ジェーンはさっと顔を赤らめて、急いで手をはなした。「ごめんなさい。気がつかなかったわ」だが、そう答えたとたんに、彼女はパニックに陥った。闇にまぎれて彼の姿は見えないし、息をする音も聞こえない、おまけにもう彼にふれていないときては、ここに置き去りにされてもわからない。あの人はまだそばにいるのかしら？　ひとりにされてしまったらどうすればいいの？　空気が重くのしかかり、息をするのさえ苦しくなってくる。ジェーンはなんとか恐怖に打ち勝とうとした。しかし理性で克服することはできない。原因がわかっていてもだめだった。ただただ暗闇に耐えられないのだ。昔から明かりなしで眠ることはできなかった。部屋に入るときは、いつでもまず電気のスイッチに手をのばし、明るくしてから入った。また、家に戻るのが遅くなるとわかっていたら、いつも電気をつけたままにしておいた。暗闇にとり残されることのないように異常なほど用心していた彼女が、いま、よりによってジャングルのまん中で、目が見えなくなったのでは、と思えるくらいの暗闇の中に立っているのだ。

ジェーンの自制心はもろくも崩れ、彼がそこにいることを確かめたくて、やたらとあちこちに手をつきだしはじめた。のばした指先が布地にふれた瞬間、彼女は思わず男のほうへ身を投げだした。そのとたんに、がっしりとした指にシャツをつかまれたと思うとからだが宙にほうりだされ、いやな臭いのする腐った植物の上にあおむけに倒れてしまった。

動きだすことも、息をつくこともできないうちに、髪の毛がうしろに引っぱられる。また膝が胸に押しつけられ、息が苦しくなった。男がうなるように言う。「絶対に――絶対にうしろからぼくに近づくな!」

ジェーンは、男の膝を押しやろうとして身をよじらせた。彼はすぐに膝をはずし、髪の毛をつかんでいた手をそっとはなした。だが彼女は、また投げだされることになっても暗闇にひとりでとり残されるよりはましだと思い、彼の膝のまわりに腕をまわした。男は無意識に、からみついてくる腕から逃れようと足を踏みだした。それでも彼女は手をはなさない。男は驚いてバランスを失い、音をたてて地面に倒れた。

男があまりに静かに横たわっているので、ジェーンの顔から血の気が引いた。この人がけがしたら、わたしはどうしたらいいの? とてもこの人をかついでいくことはできないし、かといって傷ついて動けないでいる人を置き去りにすることはできない。彼女は手さぐりで彼に近づき、肩のそばにかがみこんだ。

「だいじょうぶ？」ささやきながら、手を肩から顔のほうへ滑らせ、頭に切り傷やこぶができていないか探ってみる。太いゴムひもが頭に巻かれていて、それをたどってみると、かわった形の眼鏡が目をおおっていた。「けがはしてない？」ジェーンは不安に声をひきつらせて問いつめた。「返事して！」

「お嬢さん」男が怒りに満ちた低い声で答える。「きみもとんでもないことをしてくれるね。ぼくがきみの父親だったら、トゥレゴに金を払ってでもきみをあずかっていてもらうところだよ」

よく知りもしない彼にそう言われて、ジェーンはなぜか傷ついた。そんなふうに傷ついたことにショックを受け、なにも言葉が出なくなった。わたしはこの人を知らないし、この人もわたしを知らない。この人がわたしのことをどう思おうと関係ないはずよ。しかし、そうは思っても気になってしまう。ジェーンは不思議と無防備な気分になった。

男はからだを起こしたが、ジェーンがなにも言わないのでため息をついた。「どうしてあんなふうに飛びかかってきたりしたんだ？」あきらめたようにたずねる。

「暗闇がこわいの」ジェーンは静かに言った。「あなたが息をするのも聞こえなかったし、なにも見えなかったから、すっかり気が動転してしまって。ごめんなさい」

しばらくして、男は立ちあがった。「わかったよ」そう言うと身をかがめてジェーンの手首をつかみ、自分のそばに立たせる。ジェーンは少しだけ彼ににじりよった。

「あなたはその眼鏡のせいでまわりが見えるのね」

「そうだ。そんなに明るくはないが、自分がどこに進んでいるかぐらいはわかる。赤外線レンズだ」

突然、ふたりの頭上で猿が叫び声をあげた。ジェーンが驚いて彼のほうによろける。

「もうひとつある？」彼女はふるえる声でたずねた。

男は少したためらってから、ジェーンの肩に腕をまわした。「いや、ひとつしかないんだ。でも心配しなくていいよ。きみとはぐれるようなことはしないから。五分もすれば明るくなってくるしね」

「もうだいじょうぶよ」ジェーンは言った。こうして彼にふれ、自分がひとりではないとわかっているかぎりは安心できる。

がっしりした腕が肩にまわされているのに大きな安心感を感じながら男の隣でじっとしていると、間もなくほんとうにまわりが少し見えてきた。熱帯雨林の奥深くでは、一日のはじまりを告げる輝かしい日の出はない。厚くおおいかぶさる植物の屋根の下からは日の出が見えないのだ。一番熱くなる昼間でも、ジャングルの地面に届く光はほの暗い。かすかな灰色の光がだんだんと強くなっていくのを待っているうちに、自分をとり巻く青々と茂った木々の、細かい部分まで見えるようになってきた。植物の海にひたっている気分だ。

ジェーンはそれまでジャングルに足を踏み入れたことがなかった。ジャングルについて知っていることと言えば、映画から仕入れた知識と、農園まで川をのぼっていくあいだに垣間見た景色だけだ。彼女は農園で何日か過ごすうちに、ジャングルをひとつの生命体だと思うようになっていた。巨大で、緑にあふれ、わたしをとり囲み、わたしを待っている。

トゥレゴのもとから逃げるとしたら、見たところ踏みこむこともできないようなこの緑のバリアに飛びこんでいかなければならないだろう。そんなふうに考えながら、何時間もジャングルを見つめて過ごしていた。

ところが、実際にジャングルの奥まで入ってみると、予想とはかなり違っていた。草木が密生してもつれあい、なたで枝を切り払って道をつくらなければならないというような場所ではなかった。地面には腐った植物が散乱しているし、木の根とつるの網がはりめぐらされているが、思ったより空間が広がっている。地面は驚くほど開けていた。

「もうまわりが見えるだろう」男は急につぶやいてジェーンの肩から腕をどけ、暗視用の眼鏡をはずしてバックパックのポケットにしまいこんだ。

ジェーンは、そろそろ明るくなってきたので彼の顔が見えるかもしれないと思いながら、好奇心もあらわに男を見つめた。が、いざ顔が見えてくると、ひどく不安で落ちつかなくなる。暗い裏道でこの人と対面するには、よほど勇敢で強い人じゃないとだめだわ。ぞっとして身ぶるいしながら、ジェーンは思った。色ははっきりとはわからなかったが、その瞳は荒々しくまっすぐな褐色の眉の下で輝きをはなっている。顔が浅黒いため、いっそう目の色が明るく見えた。薄い色の髪の毛は長くのびすぎていて、目に髪がかからないように細長い布を頭に巻いている。虎のようなしま模様が入った迷彩色の服を着て、戦いにでもくりだすようないでたちだ。ナイフが無造作にベルトにさしこんであり、腰の左側にはピストルがあって、右肩にライフルをかけている。ジェーンは驚きの目で男の顔に視線を走らせた。男は彼女がしげしげと自分を眺めているのに気づいているようだったが、精悍な顔にはなんの表情も浮かばなかった。

「熊が来てもなにが来てもいいようにしてきたのね」ジェーンは言うと、もう一度ナイフに目をやった。なぜか、そのナイフのほうがピストルやライフルよりも危険なように見えた。

「なんの準備もなしに、もめごとに首をつっこむようなまねはしない」男はぴしゃりと言った。

そうね。確かにどんなものに対しても準備ができているように見えるわ。ジェーンはさっきよりも注意深く男を眺めてみた。およそ百八十五センチのたくましいからだ全体が、まるで戦闘用の機械のようだ。肩幅はがっちりと広くて、九十センチぐらいありそうだ。

なにしろ、なんの苦もなく意識のないわたしのからだをかついでジャングルを通りぬけてきたんだもの。二回彼に殴り倒されたが、ひどいけがをしなくてすんだのは、二回とも力を加減してくれたかららしい。

不意に男の注意がジェーンからそれた。鷲のように素早い警戒した動きで頭をあげると、男は目を細め、耳を澄ました。「ヘリコプターが来るぞ。さあ行こう」

ジェーンも耳を澄ましたが、なにも聞こえない。「ほんとうに？」

「行こうと言ってるんだ」男はいらだったようにくりかえして歩きはじめた。ジャングルの中では十メートルも行かないうちに男の姿を見失うだろう。そう気づいて、ジェーンはあわててあとを追った。

「ねえ、もっとゆっくり歩いて！」ジェーンはとり乱して、男のベルトをつかんだ。

「さっさと来るんだ」男は同情心のかけらも見せずに言った。「ヘリコプターは永久に待ってくれるわけじゃない。パブロは少しせっかちなところがあるからな」

「パブロってだれなの？」

「操縦士だ」

ちょうどそのとき、ジェーンの耳にかすかな震動音が聞こえてきた。あっという間にヘリコプターが近づいてくる。この人はどうしてさっき音が聞こえたのかしら。わたしも耳はいいほうだけど、この人はきっとよほど感覚が鋭いのね。

男の足どりは素早く、また着実で、自分がどこに行こうとしているか正確にわかっているようだ。ジェーンは、木の根につまずかないように気をつけるのが精いっぱいで、あたりには目もくれず必死に彼のあとを追った。男が急に立ちどまったので、少し驚きながら頭をあげる。ふと見ると、ふたりは山がちのコスタリカのジャングルの小さな崖のふちに立っていた。下のほうには自然にできた空地のある狭くて人目につかない谷が見える。ヘリコプターはその空地にとまっていて、羽根がゆっくりとまわっていた。

「タクシーよりも上等ね」ジェーンはほっとしてつぶやき、男を追い越して行こうとした。

するとと男の手が彼女の肩をつかんで、うしろにぐいと引き戻した。「静かにしてろ」男は目を細めてせわしなくあちこちに視線を走らせている。

「どうかしたの？」

「黙れ！」

ジェーンはそのあまりに乱暴な物言いに憤慨して男をにらみつけた。だが、男はしっかりとつかんだ肩をはなそうとしない。自分がすべては安全だと確認する前に茂みから出たりしたら、痛い目にあわせてやるぞ、という警告なのだ。ジェーンはおとなしくして空地を眺めてみたが、なにかかわったことがあるようには見えなかった。すべてが平穏で、操縦士はヘリコプターの外側にもたれて爪をいじっている。明らかになにも気にしているようすではない。

時間がゆっくりと過ぎていく。操縦士はそわそわしはじめ、のびあがってジャングルのほうを見つめているが、人がいても木々に隠れて見えるはずがない。操縦士は時計を見ると、またジャングルのほうをむいて、神経質に視線を走らせた。

ジェーンは隣に立っている男が緊張しているのを感じた。どうしたのかしら。なにを捜しているの？　どうして待っているの？　彼は獲物が木の下を通るのを待っている豹のように、まったく動かない。

「失敗だ」男はだしぬけにつぶやくと、ジェーンを引きずりながら、ジャングルの奥に戻っていった。

ジェーンは咳きこみながらたずねた。「ほんとに？　どうして？　なにがいけないの？」

「ここにいろ」男は巨大な木の下にはりだした根の陰にジェーンを押しこんだ。

ジェーンは一瞬、置き去りにされたことがわからなかった。男は完全にジャングルの中にまぎれてしまったが、音もなく消え去ったのでどの方向に行ったのかもはっきりわからない。あちこち見まわしても、木の枝ひとつ揺れていなかった。

ジェーンは膝を抱えて、考えこむように地面を見つめた。緑色の虫が大きな蜘蛛を引きずっている。あの人はここで待てって言ってたけど、いつまで待てばいいのかしら？　お昼ごろまで？　日没まで？　それともわたしの次の誕生日まで？　大体男の人って曖昧なことしか言わないんだから！　もちろんあの人の場合、特に会話能力が不足している気がするけれど。黙れ、ここにいろ、じっとしてろ。この三つの言葉しか知らないんじゃないかしら。

バックパックのストラップが肩にこすれて痛かったので、はずしてからだをのばすと驚くほど楽な気分になった。ジェーンは荷物を手もとに引きよせて口を開け、ヘアブラシを捜しはじめた。バックパックが手に入ったのは、ほんとうにラッキーだったわ。これがなかったら、荷物を毛布に包んでこなければならないところだった。

やっとのことでヘアブラシを捜しあて、もつれてしまった髪に熱心にブラシをかけた。

小さな猿が怒ったような顔をして頭上の枝からぶらさがっている。なわばりに侵入されたことに腹をたてているらしく、ジェーンがブラシをかけているあいだ中、非難するような鳴き声をあげていた。ジェーンは猿に手をふった。

髪をあげてピンでとめ、バックパックから帽子を引っぱりだす。それをかぶると、ひさしを目の上まで引きおろしたが、また上に押し戻した。ここまでは日の光も入ってこない。ずっと上のほうに木もれ日が見えるだけで、下までさしこんでくるのはかすかな緑色の光だけだ。あの人が持っているかわった眼鏡があれば、もっと動きやすいのに。

どのくらいたったのかしら？　あの人になにかあったの？

待てば待つほど不安がつのってきて、やがて、すぐに移動できる体勢になっておいたほうがいいかもしれないと思いはじめた。ジェーンの直感は鋭く、細かく調整された気圧計に負けないぐらい状況の変化に敏感だった。だからこそ、あれだけ長いあいだトゥレゴをよせつけないでいられたのだ。トゥレゴの顔色を読み、ほこ先をかわし、いつも彼を油断させておく。こちらに好意さえ抱かせた。いまもその直感が危険を告げている。むきだしの腕を撫でていく空気にひそむほんのわずかな変化——。ジェーンはそっとバックパックを拾いあげてストラップに腕を通し、今度はウエストのところでしっかりと固定した。

突然、とどろくような銃声が聞こえて、ジェーンの心は乱れた。心臓が喉から飛びだしそうだ。続けて銃声が聞こえてくる。ねらわれているのはだれなの？　あの人が見つかってしまったのかしら？　それともまったく関係ないこと？　こうなることを予測して彼はヘリコプターに近づこうとしなかったのだろうか。彼は無事だと思いたくて、あたりをくまなく見まわしたが、どこにもそんな保証はない。背筋が寒くなった。

手が冷たくなり、からだがふるえているのに気づいてジェーンはびっくりした。どうすればいいの？　待つべきか、それとも走ったほうがいい？　あの人に助けが必要だったらどうする？　完全に信用しているわけではないけれど、ここでは彼だけが味方なのだ。

足は重く、不安で胃のあたりがきりきりしたが、それは考えないようにして、ジェーンは巨大な木の陰をはなれた。空地のほうにむかって、注意深く森の中を進みはじめる。銃声は断続的に同じ方向から響いていた。

かすかに人の声が聞こえてきたので、ジェーンは凍りついた。恐怖にとらわれて、別の巨木の根のあいだに身をひそめる。こっちのほうに来ているのだったらどうしよう。かたい木の皮で手に引っかき傷をつくりながら、彼女は頭をそっと動かして幹のむこう側をのぞいた。

不意に、がっしりした手がジェーンの口をふさいだ。悲鳴をあげようとしたそのとき、怒りに満ちあふれた低い声が耳に飛びこんできた。「まったく、じっとしてろって言ったのに！」

3

ジェーンは口をおおわれたまま男をにらみつけた。ほっとしたとたんに恐怖が怒りにかわる。いやな人。ほんとにいやな人。このごたごたからぬけだしたら、絶対そう言ってやるわ！

男は手をはなし、彼女の背中を押して地面に手と膝をつかせた。「這(は)っていくんだ！」ハスキーな声でささやくと左を指さす。

やぶをかきわけるときにからだのあちこちにかすり傷を負うこともかまわず、ジェーンは必死で這っていった。こうして彼と一緒にいると、不思議と恐怖が薄らいでいく。完全に恐怖が消えたわけではなかったが、心臓が激しく打ったり、胃のあたりがむかむかしたりすることはなくなった。彼にも欠点はあるが、少なくともすべきことは心得ている。

男はジェーンのうしろにぴったりついてきていた。頑丈な肩を彼女の太腿のうしろにつけて、もっと急がねばならないときは肩で前に押し進める。不意に彼は足首をつかんでジェーンをとめた。息を殺して聞き耳をたてるとかすかに葉のすれあう音がして、だれかが、あるいはなにかがそばにいることが彼女にもわかった。ふりむいてみる度胸はなかったが、視界のはしでなにかが動くのが見えた。すぐに人影がはっきり見えるようになった。明らかにラテン系の人間で、迷彩色の服を着て帽子をかぶり、ライフルをかまえている。

すぐにその兵士の姿は見えなくなり音もしなくなったが、ふたりは身じろぎもせず、厚く重なりあったしだの中で長く苦しい数分間を過ごした。やがて男は足首から手をはなし、ヒップを押してジェーンをせきたてた。

ふたりは兵士から九十度の角度で進み、いくぶん開けたところに出た。日の光が少しずつさしこんでいる。男はジェーンの腕をつかんで立たせると、耳もとにささやいた。「走るんだ。でも、できるだけ音をたてるな」

たいしたアドバイスだわ。音をたてないように走れなんて。ジェーンは意地の悪い目つきで男を見やってから、おどかされた鹿（しか）のように駆けだした。男はすぐうしろからついてきたが、まったく音が聞こえない。それに引きかえジェーンは、太鼓を踏み鳴らしてでもいるような音をたてていた。

だんだん走るのがつらくなり、ペースが落ちてしまった。十五分ほどたったところで、男はジェーンの肩をつかんで木の幹の陰に引き入れた。「少し休もう。慣れないと、この湿気にやられてしまう」

ジェーンはそのときまで、自分が汗をびっしょりかいていることに気づいていなかった。

肌に傷をつけないようにするのが精いっぱいで、汗のことまで気がまわらなかったのだ。言われてみると、なるほど熱帯雨林の猛烈な湿気が重くのしかかっていて、息をするたびに肺が重苦しくなる。顔の汗をぬぐうと、その塩分でほおの引っかき傷がひりひり痛んだ。

男はバックパックから水筒をとりだした。「飲むんだ。水分が必要なように見えるよ」自分がどのように見えるかよくわかっていたので、ジェーンは苦笑した。水筒を受けとり、水を少し飲むとふたをして返す。「ありがとう」

男はいぶかしげに彼女を見た。「欲しければもっと飲んでいいんだぞ」

「だいじょうぶよ」そう言いながら彼の目を見る。琥珀のようなかわった金色の瞳だ。彼も汗を流していたが、呼吸は少しも乱れていなかった。この人がだれであろうと、こういうことにすごく慣れていることだけは確かだわ。「あなたの名前はなんというの?」たまりかねたように彼女は聞いた。名前がわかれば、彼がもっと実体のある親しみやすい存在になるような気がする。

男が警戒するような目つきになったので、自分の正体を明かすことをいやがっているのがわかった。「サリバンだ」しばらく言いしぶった末に、気が進まぬようすで答える。

「それは名前なの? それとも名字?」

「名字だ」

「名前のほうは？」

「グラント」

グラント・サリバン。ジェーンはその名前が気に入った。気のきいた名前ではなかったが、いかにも彼らしい響きだ。ふだん会っているような、口がうまくてあかぬけている男たちとはまるで違う。その違いが好奇心をそそった。

「そろそろ行こう。追手とのあいだにもっと距離をあけておかなくては」

ジェーンはおとなしくグラントのあとに従った。休憩をとる前よりも、疲れを感じる。一度なにかのつるに足を引っかけて転びそうになったが、グラントが素早く彼女をつかまえてくれた。ジェーンは礼を言うかわりに力なく微笑(ほほえ)んでみせ、また歩きだそうとしたが、彼は手をはなさなかった。彼のからだはすっかりこわばっている。思わずぞっとしてグラントのほうを見ると、彼は冷たく無表情で、ジェーンの背後にじっと目をこらしている。

ふたたび前をむくと、下のほうにライフルの銃身が見えた。

全身の汗が一瞬にして凍りつく。撃たれる！　だが、恐怖に満ちたその瞬間が過ぎ、ふと気がつくとまだ生きていた。銃身のむこうに厳しい表情を浮かべた兵士の浅黒い顔が見える。その視線はグラントにむけられている。兵士がなにか言ったが、ジェーンは気が動転していてスペイン語が理解できなかった。

グラントはゆっくりとジェーンから手をはなし、両手をあげて頭上で組んだ。「ぼくからはなれるんだ」静かに言う。

兵士がグラントに怒鳴りつけるようになにか命令した。彼女は目を見開いた。一センチでも動いたら、とたんに撃ち殺されてしまうんじゃないかしら。そう思ったが、グラントに動けと言われて、ジェーンは動いた。急に銃身がジェーンのほうにむけられる。兵士はまたなにか言った。それを聞いてジェーンは兵士が緊張していることがわかった。ふるえたような声とぎこちない動きがそれを物語っている。もしあの男の指がけいれんして引き金を引いてしまったらどうしよう！　すると、兵士はふたたび銃口をグラントにむけた。

彼がなにかしようとしている。ジェーンにはそれがわかった。とんでもないわ！　あの男に飛びかかったりしたら撃ち殺されてしまう！　ライフルを持つ兵士のふるえる手をじっと見ていたジェーンは、ふとあることに気がついた。男はライフルを自動にしていない。次の一瞬でそれがなにを意味するのかを理解すると、考えるよりも先にからだが動いていた。

ダンスと護身術の訓練を受けたジェーンのからだが、滑るように動きだす。兵士はすぐに反応してライフルをふりまわしたが、それより早く彼女は左足で銃身を蹴りあげた。弾丸が頭上の空めがけて飛んでいく。もう一発を撃つチャンスは与えられなかった。そのときグラントが兵士に飛びかかり、片手で銃を奪いとり、もう片方の手で兵士の無防備な首に一撃を加えたからだ。兵士はだらしなく地面に崩れ落ちた。荒い音をたてていたが、彼の呼吸はしっかりしている。

グラントはジェーンの腕をつかんだ。「走れ！　この銃声を聞きつけて、ひとり残らずこちらに襲いかかってくるぞ！」

もうほとんど体力が残っていなかったが、せっぱつまったグラントの声の調子に彼女はせきたてられた。足が鉛のように重く太腿に焼けつくような痛みを感じたが、そんなことを心配している場合ではない。筋肉痛はしばらくすれば治るが、死んでしまったらもともとも子もないのだ。背中を押すグラントの手にせきたてられ、木の根につまずいたり茂みの中で転んだりして新たなかすり傷を負いながらも、ジェーンは機械的にからだを動かしていた。あまりに疲れすぎて頭がからっぽになり、痛みを感じないほどだった。

突然足もとの地面が急な坂になる。恐怖と疲れとで感覚が鈍り、バランスをとり戻すことができない。グラントが支えようと手をのばしたが、彼女のからだに勢いがついていたため、ふたりとも丘のふちから投げだされてしまった。彼がジェーンをしっかりと抱きかかえ、ふたりはひとつになって急斜面を転がり落ちていく。斜面の下に岩だらけの浅い川があるのが見えると、ジェーンの口から小さな叫び声がもれた。大きい岩にぶつかれば死んでしまう。小さい岩でも、からだが傷だらけになることは避けられない。

グラントがいっそう腕に力を入れて抱きしめてきたので、ジェーンは肋骨(ろっこつ)がばらばらになるのではないかと思った。彼は筋肉をはりつめて必死でからだをねじり、なんとか足を下にむけることに成功した。それからふたりは、ほぼまっすぐな姿勢で滑りおりていった。グラントがかかとを土にくいこませると速度がゆるみ、やがてとまった。

「プリス？」グラントは乱暴に彼女のあごを手で包み、顔が見えるように自分のほうにむけた。「けがはないか？」

「してないわ。だいじょうぶ」からだのあちこちが痛んでいたが、彼女はきっぱりと答えた。右腕は折れてこそいないけれどひどいあざになっている。腕を動かそうとしてみて、痛さにたじろいだ。バックパックはストラップが一本切れて傾き、肩からぶらさがっている。帽子がなくなっていた。「帽子が脱げただけ」ジェーンはそう言って、斜面を見あげた。頂上まで三十メートル近くある急斜面だ。小川の岩に激突しなかったのは奇跡だった。

「ぼくが見てくる」グラントは確かな足どりで斜面をよじ登り、折れた枝から帽子を拾いあげると一瞬のうちに戻ってきた。帽子を彼女の頭にかぶせながら聞く。「反対側の斜面を登れるか？」

むりよ。からだがもう言うことを聞かないわ。心の中でそう思ったが、彼女はグラントの顔を見るなりあごを上にむけて答えた。「もちろん登れるわ」

笑いこそしなかったが、グラントは表情をかすかにやわらげ、彼女の腕をとって小川を渡らせた。彼が岸の登りやすい場所を捜しているあいだ、ジェーンはブーツが濡れるのも気にせず、ざぶざぶと流れに沿って歩いていた。反対側の岸は斜面と呼ぶにはほど遠かった。ほとんど垂直で、表面にはつるや茂みがもつれあっている。通りぬけることなどとうてい不可能なように思われた。

「よし、ここから登ろう」グラントは岸を指さしながら言った。彼女は顔をあげてその方向を見つめたが、もつれあった木々の中に、どこにも裂け目は見つからない。

「ここから？」

グラントがいらだたしげにため息をつく。「プリス、きみが疲れてるのはわかってるが――」

ジェーンの中でなにかがはじけた。彼のほうにふりむいて、シャツの前をつかみ、こぶしをふりあげる。「もう一度わたしのことを〝プリス〟なんて呼んだら、ただじゃおかないわよ！」どうしようもなく腹がたって、ジェーンは叫んだ。彼女はこの名前が嫌いだった。いままでだれにもプリシラとかプリスとか呼ばせたことはない。彼を蹴ったことで借りがあると思っていたから気になって黙っていたけれど、疲れたし、おなかはすいたし、恐ろしいし、もうたくさん！

ところが、グラントの動きはまばたきする間もないほど素早かった。片方の手でふりあげたこぶしを押さえ、もう片方の手でシャツをつかんでいた手をふりほどく。「おとなしくしていられないのか？　プリシラという名前をつけたのはぼくじゃなくてきみの親なんだから、文句があるんなら親に言ってくれ。とにかくいまは登るんだ！」

いまにもがっくり倒れてしまうのではないかと思いつつ、ジェーンは登った。手でつるをつかみ、木の根や岩や小さな木に足をかけて、身をよじらせながら茂みの中を進んでいく。葉が厚く生い茂っているので見えないが、豹がいるかもしれない。気がつかないで手を豹の口につっこんでしまうかもしれないのだ。考えてみると、豹は水が好きで、川のそばにいることが多い。こんなことをさせて、いつかこのグラント・サリバンにしかえししてやるわ！

やっとのことで頂上までたどりつき、さらに数メートル突進していくと、草木が減ってきてずっと歩きやすくなった。ジェーンはバックパックを背負いなおし、新しいあざができているのを見つけて眉をひそめた。「わたしたち、ヘリコプターのほうに進んでるの？」

「いや」グラントがそっけなく答える。「ヘリコプターは監視されていた」

「あの兵士たちはだれなの？」

彼は肩をすくめた。「さあね。ニカラグア解放戦線のやつらかもしれないな。ここはニカラグアとの国境から数キロしかはなれていないから。ゲリラの一味だってこともありうる。パブロがぼくらを売ったんだろう」

パブロの裏切りを気にしている余裕はジェーンにはなかった。もうへとへとだ。「どこへ行くの？」

「南だ」

ふたたび彼女のいらだちがつのった。この人からなにか聞きだそうとすると、どうしてこうもやきもきさせられるのかしら。「南のどこ？」

「最終的にはリモンだ。いまは真東に進んでいる」

ジェーンはコスタリカの地理についてある程度知っていたので、真東になにがあるかわかっていた。真東に行くとカリブ海沿岸があり、熱帯雨林から湿地にかわってくる。ここがニカラグアとの国境から数キロしかはなれていないのなら、リモンまではおよそ百五十キロの道のりだ。彼女はうんざりした。百五十キロ歩くのに何日かかるかしら。四日、それとも五日？　そんなに何日もこの人と一緒にやっていけるかしら。

「まっすぐ南に行くわけにはいかないの？」

グラントはいままで進んできたほうに頭をむけた。「あいつらがいるからだめだ。トゥレゴの手先ではなさそうだが、彼らもじきにきみがこっちのほうに来たことを知って、ぼくらを追いはじめるだろう。秘密工作のことを政府に知られるわけにはいかないからな。だから、彼らがなかなか追ってこられないようなところへ逃げなければいけないんだ」

確かにそのとおりだ。反論はできなかった。コスタリカのカリブ海沿岸地方には行ったことがないのでどんなところか予測がつかないが、トゥレゴにとらわれているよりはましなはずだ。毒蛇だって、鰐だって、流砂だって、トゥレゴよりはましだ。沼地に入ったら入ったで、そのときのことだ。そう心を決めると、ジェーンは一番さし迫った問題にたちかえった。

「いつ休みをとるの？　食事は？　それにね、あなたはトイレなんて行かなくても平気かもしれないけど、わたしは平気じゃないの！」

グラントの口もとがぴくっと動いて、笑ったように見えた。「まだとまるわけにはいかないが、歩きながらでもものは食べられる。もう一点に関しては、そこの木の陰ですればいい」彼が指さしたほうを見ると、太い根がはりだした巨木があった。しかたがない。ジェーンは木の陰に飛びこんだ。

歩きはじめたとき、グラントはジェーンにかたくて黒っぽい食べものを手渡した。かすかに肉の味がする。彼女は疑わしげにそれを眺めまわしてから、あまり考えないように決めた。慎重に水をすすってかけらを飲みこむと、空腹の苦しみがやわらぎ、元気が出てくる。彼もひと切れかじっているのを見て、やっぱりこの人も人間だったのだ、とジェーンはほっとした。

それでも、何時間も休まずに歩いていると、また疲れが戻ってきた。脚が思うように動かず、まるで膝まで水の中につかっているような気がする。気温はどんどん上昇し、おおいかぶさる木々の下でも三十度をゆうに超えていた。おまけにこの湿気だ。汗をかきつづけて体内の水分がどんどん失われてゆく。ジェーンがもう一歩も動けないと言おうとしたちょうどそのとき、グラントがふりむいて冷静な目つきでこちらを見つめた。

「身を隠せるような場所を見つけてくるから、ここで待っててくれ。じきに雨がふりはじめるから、やりすごしたほうがいいだろう。いずれにせよ、きみは相当疲れているようだしね」

ジェーンは帽子をとって、したたる汗を腕でぬぐった。グラントが視界から消えてもなにも言えないほど疲れている。どうして彼は雨がふりだすなんてわかるのかしら？　もちろん、ほとんど毎日のように雨がふるので、占い師でなくても雨を予言することはできる。だが、雨がふる前に鳴るいつもの雷が、ジェーンにはまだ聞こえなかった。

グラントはすぐに戻ってきてジェーンの腕をとり、小さなのぼり坂のところまで連れていった。ベルトからナイフをとりだすと、小枝を切ってつるで結びあわせ、さらに丈夫な枝を使ってそれを支えた。自分のバックパックから手際よく防水シートをとりだして、簡単なさしかけ小屋のように組んだ枝の上に広げて固定し、水が入らないようにする。「さあ、中に入って休むんだ」ジェーンが呆然（ぼうぜん）と立ちつくしていたので、グラントは怒ったように言った。彼女は、ほんの数分でできあがってしまった避難小屋を驚きのまなざしで見つめていたのだ。

ジェーンはすなおに中に入った。バックパックを肩からはずして、からだを楽にすると、ほっとため息をつく。遠くで雷がとどろく音が聞こえた。なにをして生計をたてているのか知らないが、グラントがジャングルでの生活に精通していることは確かだ。

グラントも中にもぐりこんできて、自分のバックパックをおろして肩を楽にした。雨がやむのを待つあいだに食事もしようと決めたようだ。彼は携帯食料の缶詰をふたつとりだした。

ジェーンはからだを起こして彼に近より、缶詰を見つめた。「これはなに?」

「食料だ」

「どんな食べものなの?」

グラントは肩をすくめた。「ぼくもよく知らない。深く考えずに、とにかく食べることだな」

彼が缶詰を開けようとすると、ジェーンはその手をとめた。

「待って。どうしても食べなきゃならなくなるまでこれはとっておきましょうよ」

「いま食べておかないでどうするんだ」グラントはうなった。

「でも、それを食べることはないわ!」

怒りでグラントの表情が厳しくなった。「ハニー、これを食べるのがいやでも、ほかに食料と言えばこれと同じような缶詰しかないんだ!」

「あら、そうかしら?」ジェーンは茶目っ気たっぷりに言って、自分のバックパックを引きよせた。ひとしきり中をかきまわしてからタオルでくるんだ小さな包みをとりだす。勝ち誇ったように包みを開くと、つぶれてはいるがまだ食べられるサンドイッチが現れた。もう一度バックパックをかきまわし、今度はオレンジジュースの缶を二本出してみせた。

「さあどうぞ！」ジュースを一本グラントに手渡しながら朗らかに言う。「ピーナツバターとジャムのサンドイッチ、それにオレンジジュース。タンパク質と炭水化物とビタミンCよ。完璧でしょ？」

グラントはサンドイッチとジュースの缶を受けとると疑わしげにそれらを眺め、突然笑いはじめた。笑い声というより、単なるしわがれた声という感じではあったが、白い歯が見えて目尻にしわがよる。そのぎこちない笑いかたが、ジェーンの胸に奇妙な感情を呼びおこした。彼はめったに笑う人ではない。人生は彼にとってそれほど愉快なものではないのだろう。ジェーンはそんなグラントを笑わせたことをうれしく思い、同時に彼があまり笑えないことを悲しく思った。

サンドイッチにかぶりつきながら、グラントはこってりしたピーナツバターの舌ざわりとジャムの甘さを楽しんだ。パンが少々乾いていてもかまうものか。思いがけないもてなしを受けて、細かいことはどうでもよくなった。バックパックに背をもたせかけて、長い脚を前にのばす。雨が防水シートの上でぱらぱらと音をたてはじめた。これからどしゃぶりになれば、だれもぼくらの足跡をたどることはできないだろう。朝ヘリコプターを見たとき以来つきまとっていた危機感がようやく薄れていく。からだから力がぬけていった。

グラントはサンドイッチを食べ終えて、オレンジジュースの残りを飲みほすと、ジェーンのほうに目をやった。彼女は指についたジャムをきちょうめんになめているところだった。ジェーンが顔をあげ、目が合うと明るく微笑んでえくぼを見せる。それからまた指をしきりになめた。

そのときグラントは、心ならずも欲望でからだがはりつめるのを感じ、その激しさにわれながら驚いていた。確かに彼女は魅力的な女性だが、予想していたのとはまるで違う。わがままで救いようのない浮ついた娘だとばかり思っていたが、実際はそうではなかった。ピーナツバターのサンドイッチとオレンジジュースを隠し持ってジャングルに飛びこんでいくだけの度胸がある。服装もかなり地味なものだった。しっかりしたブーツをはき、カーキ色のズボンに半袖（はんそで）の黒のブラウスというでたちだ。ファッション雑誌からぬけだしたようなきらびやかさはないが、彼女のうしろを這って進んでいたときに、形のよいヒップを見て気をそらされたりもした。

彼女は矛盾だらけだった。世界中を遊びまわってばかりで手に負えないからといって勘当されていたり、ジョージ・パーサルの愛人だったことがあるにしては、人生に疲れたようなところはまるでない。それどころか、その表情は子どものようにあけっぴろげで無邪気そのものだ。濃い茶色の目は生きることに執着して輝いている。いたずらっぽい感じがするかと思えば、とても女らしい感じもする顔だ。ほとんど黒のように見える濃い茶色の髪が、肩のあたりでもつれあっている。茶色の瞳は切れ長で、ややつりあがっていた。先住民の血が少し混じっているようにも見える。上品な鼻筋からほお骨にかけては、そばかすが少しある。唇は柔らかくふっくらとしているが、上唇のほうが下唇よりも厚みがあるため、ひどく魅惑的だ。全体的に見て、とても美人とは言えないが、いきいきとしている。いままでに知りあったほかの女性たちが急につまらなく思えてくるほどだ。

それに、女性に膝蹴りをくらったのもはじめてだ。いまになってもあのときのことを思いだすと腹がたつ。そんなふうにつけこまれるすきを見せてしまったこともくやしかったが、一方で純粋に男性としての本能的な怒りを感じていた。彼女がすぐそばにいるときは、膝の動きを見はっていなければ。彼女の動きはプロの訓練を受けていることを物語っている。それも矛盾のひとつだった。甘やかされて手に負えないはずのプレイガールがどうして護身術なんか知っているんだろう？　彼女にはどうもすっきりと調和しない部分があって、それがグラントを不安にさせた。

脱出計画に関してグラントは相当厳しい見通しをたてていた。当面は雨のおかげで安全かもしれないが、ほとんど絶望的な状況だ。だれの手下にせよ、あの兵士たちをまくことはできたようだが、トゥレゴとなると話は別だ。もはやマイクロフィルムだけが問題なのではない。政府の認可を受けずに工作を行っていたトゥレゴは、ジェーンに逃げられて告発されたりしたら、いまの地位を失うことになるのだ。それどころか、身の自由すら危うくなるかもしれない。

ともかくジェーンをジャングルから連れださなくてはならないのだが、当初の計画のように簡単にはいかなくなった。パブロがまったく無頓着にヘリコプターによりかかって待っているのを見た瞬間、グラントは計画がだめになったことを悟った。ほんとうならパブロはエンジンをかけたままヘリコプターの中で待機し、すぐにも動けるように神経をはりつめて体勢を整えているはずだった。だから、いかにもリラックスしていますというような彼の態度は、首から看板をぶらさげて異変を告げているようなものだった。ひょっとするとパブロはグラントに危険を告げようとしていたのかもしれない。だが、それを確める手だてはなかった。

運がよければ一日かそこらで村を見つけだし車に乗せてもらえるかもしれないが、それもトゥレゴがどれだけ近くまで迫っているかにかかっている。

それに加えて、グラントは彼女を完全には信用できなかった。先ほど兵士のライフルをとりあげようとしたときのやりかたがあまりにも手慣れていたし、なにが起こってもそれほど驚くようすもない。とにかく冷静で、見かけどおりの人物ではないところが危険だ。グラントは彼女を警戒していたが、同時に彼女から目をそらすこともできないでいた。実にセクシーだし、ジャングルの蘭のように華やかで魅惑的だ。彼女と愛を交わしたらどんな感じがするのだろう。自分のからだの豊かな曲線を利用して、男をとりこにしたことがあるのだろうか？　あのいきいきとした無邪気な表情にだまされた男は何人いるのだろう。トゥレゴもこの娘にすっかりまるめこまれて、いつでもむり強いできることがわかっていながら、彼女が自分から彼を受け入れるようになるまで辛抱強く待っていたのだろうか？　そうでもなければ、いったいどうやってトゥレゴを抑えておくことができただろう。彼女はスリルを楽しみながら男たちをもて遊んでいるにちがいない。

だが、ぼくはごめんだぞ。そこまで影響されてなるものか。茶色の瞳がどんなに魅力的に輝こうと、断じてそんなことはさせない。ぼくはただ、彼女をここから連れだして父親から金を受けとり、農場の孤独な生活に戻りたいだけだ。

なのに——。ジャングルが、危険にあったときのめくるめくような興奮にも似た感覚が、自分を引きずりこもうとしている。ライフルはまるでからだの一部のように思えるし、ナイフは一度も手からはなれたことがないかのように手のひらになじんでいた。昔の動きと昔の感覚がすべてよみがえってくる。自分はほんとうにいままでこの生活を忘れたことがあるのだろうか？　もし彼女がライフルを蹴りあげなかったら、血が見たくなって、あの兵士を殺してしまったのではないだろうか？

彼女を押し倒して自分のものにしてしまいたいという感情に襲われるのは、戦いに酔っているからなのだろうか。それは、数時間前に寝室の床の上で柔らかなベルベットのような胸にふれたときからはじまった気持ちだった。あの感触――。そのふくらみはいったいどんな形をしているのだろう。そんなことを考えると、欲望に身がかたくなる。前に女性とベッドをともにしてからずいぶんたっているから、その気になってしまうのもしかたがないことなのかもしれない。自分が健康な男性であることが証明されたのだから、喜ばなくてはいけない。

ジェーンはあくびをして、眠そうな猫のようにまばたきをくりかえしている。「少し眠るわ」と言って、地面の上で丸くなった。腕に頭をのせて目を閉じると、もう一度あくびをする。グラントはそのようすをじっと眺めていた。こうも簡単に環境に順応してしまうところも、ふにおちない。普通の女性だったら、居心地が悪くてしかたがないと、文句を並べたてているところだ。

ともかく、ここで睡眠をとっておくのは、まったくいい考えだ。

グラントは周囲を見まわした。外は完全にどしゃぶりで、雨が地表を川のように流れてゆく。この雨の中では、敵に見つかることはまずありえない。しばらくのあいだは安心していられると思うと、彼ははじめて筋肉の疲労を感じた。ぼくも少し眠ったほうがいいな。雨がやんだら、音がまったくとだえたことに気づいて目をさますだろう。

グラントに肩を揺すられて、ジェーンはからだを起こすと眠たげな目で彼を見た。

「もう少し奥に入ってくれ。ぼくも少しからだをのばしたいんだ」

ジェーンは言われるままに移動すると、からだをいっぱいにのばしてうっとりとため息をもらした。グラントがふたりのバックパックを片側に押しやり、彼女を雨から守るような位置に、たくましい腕を枕にしてあおむけに寝そべる。寝がえりも打たなければ、あくびもしない。ただ横になって目を閉じただけで寝入ってしまった。

ジェーンはぼんやりとグラントを見た。鷹のような横顔のラインを眺めているうちに、左のほお骨に沿って傷があるのが目に入る。どうしてこんな傷ができたのかしら。何日もひげを剃っていないらしく、髪の毛よりもひげのほうがずっと色が濃い。眉とまつげも色が濃いので、琥珀色の目がさらに明るく黄色っぽく輝いて見える。

昼間の暑さに耐えたあとなので、雨が少し寒く感じられた。ジェーンはグラントのからだのぬくもりを求めて、本能的に彼のほうに身をよせた。この人はとても温かい――そしてとても安心できる。九歳のとき以来こんなに心が安らいだことはなかった気がする。もう一度ため息をつき、ジェーンは眠りに落ちた。

しばらくして雨が不意にやんだ。グラントは、まるで電気のスイッチが入れられたように、すぐ目をさました。彼の感覚器官はたえず油断なく周囲を警戒しているのだ。すぐに立ちあがろうとしたが、彼女が横にぴったりとくっついて頭を彼の腕にのせ、片方の手を彼の胸にのせて眠っている。不信感でグラントの表情が険しくなった。彼女はどうやってぼくを起こさずにこんなに近づいてきたんだ？　ぼくはいつも猫のようにどんな物音や動きにも気を配って眠っていたはずだ。なのに、彼女が自分のからだに這いのぼってきたにもかかわらず、目をさましもしなかったとは。現場からはなれていた一年間にこんなにも鈍くなってしまったのか。だめだ、こんなことでは危ない。鈍くなったおかげで命を失うはめになるかもしれないのだ。

ジェーンの豊かな胸のふくらみをわき腹に感じながら、グラントは静かに横たわっていた。彼女の片脚が彼の太腿の上に投げだされている。ちょっとからだを転がしさえすれば彼女におおいかぶさることもできる。そう想像すると、額から汗が吹きだした。早く体勢をかえないと、この石ころだらけの地面の上で彼女を奪うことになってしまう。いらだちを覚えながら、グラントは彼女の頭の下からそっと腕を引きぬき、肩を揺すって起こした。

「さあ、出発だ」ぶっきらぼうに言う。

ジェーンはなにかつぶやいて額にしわをよせたが、目を開かず、ふたたびぐっすりと寝入ってしまった。グラントはいらいらしながらもう一度彼女を揺すった。

「おい、起きるんだ」

ジェーンは転がってうつぶせになり、深いため息をついた。もっと楽な姿勢になろうとして折り曲げた腕に頭をすりよせる。グラントはいっそう力をこめて彼女を揺さぶった。

「起きろ！」

ジェーンは半分眠ったまま、うるさい蝿（はえ）がいるとでもいうようなしぐさで、彼の手を払いのける。グラントはとうとうたまらなくなり、彼女の上体を引っぱりあげた。

「いいかげんに起きてくれよ。立つんだ、ハニー。少し歩かなければならない」

ジェーンがようやく目を開く。

小声でののしりながら、グラントは彼女を立たせた。「あそこでじゃまにならないように立っててくれ」そう言いながら彼女のむきをかえ、ヒップをぽんとたたく。それからすぐに避難小屋を解体する仕事にとりかかった。

4

ジェーンは立ちどまり手をヒップのほうにやった。頭がはっきりしてくると、軽々しくふれられたことが急に腹だたしくなり、グラントのほうにむきなおった。「そんなことをしなくてもいいでしょ！」

「なんのことだ？」まるで関心を示さずにグラントは言った。せっせと防水シートをはずして丸め、バックパックに入れている。

「わたしをたたいたでしょ！　起きろ、って言ってくれれば十分よ！」

グラントは疑わしげなまなざしでジェーンを見た。「それは悪かったな」皮肉たっぷりな言いかたにジェーンは首をしめてやりたいと思った。「おっと言いなおさせてくれ。ミス・プリシラ、失礼ですがお昼寝の時間はもうおすみで――おい、やめろ！」素早く頭をひょいとさげて、ジェーンのパンチを受けとめる。彼は腕をひねって手首をつかんだ。彼女がもう片方の手で殴りかかってきたが、その腕もつかまえてしまった。ジェーンは怒りを爆発させて、からだごとぶつかってこようとした。腕にあたったこぶしの強さは相当なものだったから、まともに顔にあたっていたら、鼻がつぶれていたかもしれない。「いったいどうしたっていうんだ？」

「プリシラなんて呼ばないでって言ったでしょ！」ジェーンは吐きだすように言うと、もう一度彼を殴ろうとして激しくもがいた。

グラントは息を切らしながら彼女を地面に組みふせて上にまたがった。彼女の膝が自分の近くに来ないように念を入れる。身をくねらせてすりぬけようとするジェーンを、やっとのことでおとなしくさせた。

グラントはジェーンをにらみつけた。「だめだって言ったのはプリスじゃないか」

「そうよ。だけど、プリシラとも呼ばないで！」ジェーンも負けずににらみかえしながら叫んだ。

「ぼくは読心術なんかできないぞ！　どんな名前で呼べばいいんだ！」

「ジェーン！　わたしの名前はジェーンよ！　だれもわたしのことをプリシラなんて呼ばないわ！」

「わかったよ！　最初からそう言ってくれればよかったのに！　足首に飛びついてくるのはもうやめてくれないか？　きみにけがをさせてしまうかもしれないから、手を出す前に少し考えたほうがいいぞ。さあ、立ってからも、おとなしくしてるか？」

ジェーンはまだグラントをにらみつけていた。あざのできた腕に膝を押しつけられて耐えられないほどの苦痛を感じる。「わかったわ」ジェーンは不機嫌そうに答えた。グラントがゆっくりと立ちあがり手をさしのべる。彼女はそれを意外に思ったが、自分がその手に応じたので、また驚いた。

彼は避難小屋をとりこわす仕事に戻った。すぐにジェーンも手伝いはじめる。グラントは彼女を見たが、なにも言わなかった。あまりしゃべらない人だということはわかっているし、お互いのことをもっとよく知ろうとする態度も見られない。だけど——。命を賭けてわたしを助けてくれたし、ひとりならもっと速く動けて危険も少ないはずなのにわたしを置いていったりはしない。人生に疲れたような皮肉でうつろな表情が、彼女はなぜか気になった。まるで、あまりにいろいろな目にあいすぎてなにも信じられなくなったんだ、とでも言いたげな瞳をしている。そう考えているうちに、ふと、彼のからだに腕をまわしてかばってあげたくなった。ジェーンは表情を読まれないようにあわてて下をむいた。ばかね。自分の面倒くらい自分で見られるような人を守ってあげようと思うなんて。

雨よけ小屋の形跡はあとかたもなくなった。グラントはバックパックを背負って固定すると、ライフルを肩にかけた。そのあいだジェーンは髪の毛を帽子につめこんでいた。

グラントはジェーンに荷物を背負わせてやろうとして、驚いたように聞いた。「こいつは——この中にはなにが入ってるんだ？　ぼくの荷物より十キロは重いぞ！」

「必要だと思ったもの全部よ」ジェーンはそう答えて荷物を受けとると、無事なほうのストラップに腕を通し、ウエストバンドをしめた。

「どんなものを？」

「いろんなものよ」ジェーンははねつけるように言った。軍隊の規準から見ればあまり適当でないものもあるかもしれないけれど、わけのわからない缶詰よりはピーナツバターのサンドイッチのほうがましよ。中を引っくりかえしていらないものを捨てていこうとでも言うの？　いいえ、そんなこと絶対させないわ！　心の中でそう言いながら、ジェーンはきりっとした顔で彼を見かえした。

グラントは両手を腰にあて、彼女のエキゾチックな顔を見つめた。反抗的に下唇をつきだしていまにも飛びかからんばかりの顔をしている。彼はあきらめのため息をついた。こんなに頑固でむちゃくちゃな女性には、お目にかかったことがない。「そいつをおろせ」

自分のバックパックの金具をはずしながら怒鳴った。「ぼくがきみのを持つから、きみがぼくのを持てばいい」

ジェーンはあごをつきだした。「自分の荷物くらい自分で持てるわ」

「言いあいをするだけ時間のむだだ。重い分だけペースが鈍るし、きみはもう疲れてる。こっちによこすんだ。出発する前にストラップをなおすから」

ジェーンはしぶしぶとバックパックをおろし、グラントに手渡した。もし中身を開けるそぶりを少しでも見せたらすぐにも飛びかかってやろうと身がまえる。しかしグラントは、自分の荷物から小さなケースをとりだし、その中から針と糸を引っぱりだすと、切れたストラップを器用に縫いあわせはじめた。

ジェーンは唖然として、彼のごつごつした手がうらやましいほどのたくみさで小さな針を扱うのを見ていた。わたしなんてボタンつけぐらいしかできないし、それも針で指をついてしまうことが多いというのに。

「いまでは軍隊でも裁縫を教えるの？」

グラントはそっけなく答えた。「ぼくは軍隊にいるわけじゃない」

「いまはそうかもしれないけど、前は軍隊にいたんでしょ？」

「ずっと前のことだ」

「どこで裁縫を習ったの？」

「自分で覚えたのさ。いろいろ役にたつからね」彼は糸をかみ切ると、針をケースに戻した。「急ごう。ずいぶん時間をむだにしてしまった」

ジェーンはグラントのバックパックを持って、彼のあとに続いた。この人についていきさえすればいい。視線が彼の広い肩のあたりをさまよい、それから下のほうにおりていった。こんなに強い人、見たことあるかしら。疲れを知らず、うだるような湿気をものともしない。長くて力強い脚が楽々と大またで進み、太腿の筋肉が動くたびに、布地がぴんとはる。そんなことを考えながら、ふと、自分が彼の脚を見つめて歩調を合わせているのに気がついた。グラントが一歩踏みだせば、自分も無意識のうちに一歩踏みだす。そのほうが楽だった。なにも考えずにからだを動かしていると、筋肉の痛みを忘れていられる。

グラントは、道がふたつに分かれているときには決まって通りにくいほうの道を選んだ。一番地面がでこぼこしていて、一番木がたくさん生い茂った道を通り、一番高くて岩だらけの斜面を登っていく。ある絶壁を滑りおりたとき、ジェーンは服を破いてしまった。そんな絶壁からおりるなんて自殺行為としか思えなかったが、それでも彼女は文句も言わずについていった。不平の文句を思いつかないからではなく、声に出して言えないほど疲れていたからだ。昼寝で回復した元気はとっくになくなっていた。脚は痛いし、背中も痛いし、あざのできた腕はほとんど動かせないくらい痛い。それでも、とまってくれとは言わなかった。ペースが速くて死にたくなるほどつらかったが、自分がいなければグラントはずっと速く歩けるのだと自分に言い聞かせる。これ以上ゆっくり歩いてもらおうとは思わなかった。

長い脚が楽々と動くのを見れば、彼にはまだ十分スタミナが残っているのがわかる。おそらくこのままペースを落とすことなくひと晩中でも歩いていられるのだろう。堂々としたからだつきを見ても、なんでもてきぱきと片づけてしまうのを見ても、つき刺すような金色の目を見ても、明らかにほかの男たちとは違う。

彼女の気持ちに気づいたかのように、グラントはふりむいて鋭い目つきでジェーンの疲れ具合を調べた。「もう一キロぐらい歩けるか?」

とてもむりなような気がしたが、グラントと目が合うと、それを認めることはできなくなった。彼女はきっぱりと言った。「歩けるわ」

彼は一瞬、顔をしかめた。「そのバックパックはぼくが持つ」そう言ってジェーンのうしろにまわり、バックパックをはずしにかかる。

「だいじょうぶよ。持てるわ」彼女は激しく抵抗した。バックパックをつかんではなさない。「なにも泣きごとを言ったりしてないわ」

グラントは眉をひそめて、力ずくでバックパックをもぎとった。「少し頭を使ってくれ。きみが疲れきって倒れたりしたら、ぼくがきみをかついでいかなくちゃならないんだぞ」

まったくそのとおりだったので、ジェーンはなにも言いかえせなかった。彼はそれ以上なにも言わずに歩きはじめる。荷物の重みがなくなった分、前よりも楽についていけるようになったが、彼のお荷物になっている自分が情けなかった。

これまでジェーンは、自分の自立を勝ちとるためにがんばってきた。まっこうから人生にぶつかっていき、ふりかかってくる困難にたちむかっていくことを楽しむ。人に頼らざるをえない立場になるのがなによりいやでしかたがなかった。

ふたりは、また川に出た。最初に渡った川と同じくらいの幅だが、こちらのほうが深い。場所によってはジェーンの膝くらいまであった。岩の上を走る川の水が涼しげな音をたてている。汗ばんだからだを川の水にひたしたら、どんなにかすっきりとした気分になれるだろう。そんなことを考えながら川のほうばかり見ていたので、彼女はうっかり木の根につまずいてしまった。なにかにつかまろうとして手をのばすと、手のひらが木の幹にあたり指の下で虫かなにかがつぶれる感触がした。

「いやだ！」ジェーンは木の葉を使って虫の死骸(しがい)をこすりとろうとした。

グラントが立ちどまる。「どうしたんだ！」

「手で虫をつぶしたらしいの」木の葉でぬぐっただけではあまりきれいにならなかった。まだ汚れが手にしみついている。彼女はうんざりした表情を隠さずに彼を見た。「川で手を洗ってもいい？」

グラントは周囲を見まわして、川の両側を調べた。

「よし。こっちのほうに来い」

「ここからおりられるわ」岸の高さは一メートルぐらいしかないし、木の茂みもそれほどではない。ジェーンは巨大な木の幹に手をあててからだを支えながら、慎重に川のほうにおりはじめた。

「気をつけろ！」グラントが急に怒鳴ったので、ジェーンはその場にくぎづけになった。いぶかしげに彼のほうを見る。

突然、なにかひどく重たいものが肩に落ちてきた。長くて太いものがからだに巻きついてくる。ジェーンは息がつまったような叫び声をあげた。はじめは大きな木のつるが落ちてきたのだと思って、こわいというよりは驚いていただけだったが、大きな三角形の頭が動くのが見えるとふたたびあえぎながら叫んだ。「グラント！　助けて、グラント！」

恐怖に喉をしめつけられて窒息しそうになりながらふりほどこうとしたが、蛇はじわじわとからだをしめつけてくる。このままでは骨が折れてしまう。蛇が脚にまでからみついてきたので、ジェーンは地面に倒れた。かすかにグラントの怒鳴り声が耳に入る。自分自身が恐怖の叫び声をあげるのも聞こえたが、ずっと遠くから聞こえてくるように思われた。あらゆるものが万華鏡のようにぐるぐるまわっている。茶色の地面と緑の木々、そしてグラントの怒った顔。彼が自分にむかってなにか叫んでいるが、なにを言っているのかわからない。蛇と格闘するだけで精いっぱいだ。片方の腕が自由になったが、蛇はますます胴をしめつけ、口を開けて大きなかま首を顔に近づけてくる。ジェーンは自由なほうの手で蛇の頭をつかもうとした。悲鳴をあげたが、しめつけられて息もできず、ほとんど悲鳴にならない。そのとき、彼の大きな手が蛇の頭をつかまえた。かすかに銀色の閃光が走るのが見える。

蛇はグラントという新しい獲物を見つけて、しめつける力をゆるめた。また銀色の閃光が見えたかと思うと、なにかのしぶきが顔にはねかかってくる。あの閃光はグラントのナイフだったんだわ。彼は、必死で自由になろうとしてもがいているジェーンにほとんど馬乗りになって、蛇と格闘していた。

「おい、じっとしてろ！　きみを切っちまうぞ！」

じっとしていることなどできない。蛇がからだに巻きついたまま、のたうちまわっているのだから。ジェーンは恐怖で気が動転して、蛇が断末魔で苦しんでいるのがしばらくわからなかった。グラントがなにかをわきに投げ捨て、彼女に巻きついた太い蛇を力ずくで引きはがしはじめた。自由の身になってみてはじめて、彼が蛇を殺したのだということがのみこめた。ジェーンはもがくのをやめて、ぐったりと地面に横たわった。真っ青な顔でグラントをじっと見つめる。

「終わったよ」グラントは彼女の腕をさすりながら、ぶっきらぼうに言った。「だいじょうぶか？　けがはないか？」

ジェーンはなにも言えなかった。喉がしめつけられたようでまったく声が出てこない。ただ横たわって、茶色の目の中に恐怖の色を残して彼を見つめているだけだ。子どものように唇をふるわせ、なにか訴えるようなまなざしを彼にむける。グラントは無意識のうちにおびえた子どもを抱くように彼女を抱きしめようとしたが、ジェーンは力をふりしぼるようにして視線をそらした、唇がふるえるのをこらえ、あごをつきだした。

「わたしはだいじょうぶ」そう答えながら、その言葉を自分でも信じこもうとした。ゆっくりとからだを起こして顔から髪を払いのける。「少しあざになったみたいだけど、けがはないと――」不意に口をつぐんで、血に染まった自分の手と腕を見つめた。「血だらけだわ」すっかり困惑し、声をふるわせながら確認を求めるようにグラントのほうをふりかえる。「わたし、血だらけだわ」もう一度言って、激しくふるえている手をグラントの前につきだした。「からだ中血まみれよ！」

「それは蛇の血だ」グラントは安心させようと思って言ったが、ジェーンは嫌悪感をむきだしにして彼を見つめた。

「なんてこと！」ジェーンはかぼそい声で言うとあわてて立ちあがり、自分のからだを見おろした。黒いブラウスは濡れてべとべとし、カーキ色のズボンには赤黒い大きなしみがついている。腕は両方とも血まみれだ。顔にしぶきがはねかかったときの感触を思いだすと吐き気がしてくる。指で顔を探ると、ほおにも不快なべとべとした感触があり、髪まで血まみれになっているのがわかった。ジェーンはいっそう激しくふるえだす。涙がほおを流れた。「落とさなきゃ」完全にヒステリー状態で、かん高い声をあげてわめく。「落とさなきゃ。からだ中血まみれで、それもわたしの血じゃないなんて。髪の毛にまでついてる――髪の毛にまで！」彼女はすすり泣きながら、川に飛びこもうとした。

グラントはジェーンをつかまえようとしたが、彼女はその手から逃れようとして蛇の死体につまずき、地面に激突した。彼はすかさず彼女につかみかかり、すすり泣きながら抵抗しているからだを強く押さえつけた。「やめろ、ジェーン！　ぼくが血を落としてやる。

ブーツを脱がせるからじっとしてくれ。いいか？」

片方の手でジェーンを押さえたまま脱がせるのはたいへんだったが、彼が自分のブーツを脱ぐころには彼女もおとなしくなり、泣き疲れてぐったりと地面に横たわっていた。グラントは厳しい表情でジェーンを見た。いままでなにがあってもびくともしなかった彼女がこんなに動揺するなんて――。血を見るまではなんとか持ちこたえていたようだが、あれは明らかに我慢の限界を超えていた。彼はジェーンのほうにむきなおり、手早くズボンを脱がせた。そうして子どもを抱くように軽々と彼女を抱きあげると、自分のズボンが濡れるのもかまわず岸をおりて、川の中に入っていった。

水がふくらはぎのまん中ぐらいまで来たところでジェーンを流れの中に立たせると、彼は身をかがめ、彼女の脚についた血のしみをこすり落としはじめた。次に、手のひらに水をすくって腕や手の汚れを落としてやる。彼がそうしているあいだずっと、ジェーンはされるがままになっていた。涙が静かに流れて血で汚れた顔に跡ができる。

「もうなにも心配することはない」

グラントはあやすように言って、髪についた血を洗い流すためにジェーンを流れの中に座らせた。頭や顔に水をはねかけられているあいだ、彼女はただグラントの顔を見つめたまま、まばたきをくりかえしていた。彼はポケットからハンカチをとりだして水でしめらせると、優しく顔の血をぬぐってやった。ジェーンもようやく泣きやんでずいぶん落ちついてきたので、グラントは彼女に手を貸して立たせた。

「さあ、もうすっかりきれいになった」そう言いかけて、グラントはピンク色の水が筋になって彼女の脚に流れ落ちているのに気づいた。ブラウスがすっかり血で濡れているのだ。彼はためらうことなくブラウスのボタンをはずしはじめた。「これも脱いで洗ったほうがいい」さっきと同じように優しく言ってブラウスを脱がせるとそれを岸にほうり投げる。

そのあいだもジェーンは彼の顔をじっと見つめていた。彼の顔を見ていれば正気を保っていられるが、目をそらしたとたんにふたたび恐怖にとりつかれてしまうとでもいうように。

グラントはジェーンの裸の胸を目のあたりにして、口の中がからからになった。どんなふうだろうと想像をめぐらせていたが、これでわかった。その乳房は丸く、思ったよりも豊かだ。彼は、身をかがめて小さなその胸の頂に唇を押しあてたいと思った。彼女はほとんど裸同然だ。身につけているのは薄地のショーツだけで、それも水に濡れてすけている。グラントは下腹部がしめつけられるのを感じた。ジェーンのプロポーションはすばらしく、腰はほっそりとして、長い脚はダンサーのようにしなやかだ。肩の線はまっすぐにのび、腕はスリムだが力強く、豊かなバストが目を引く。グラントは、その場ですぐさまジェーンにおおいかぶさり愛を交わしたくなってしまった。こんなに女性を自分のものにしたいと思ったことはない。ベッドをともにしてみたいと思ったことはあるが、それは肉体的なよろこびのためにすぎず、女性ならだれでもよかった。だがいまは違う。ほかのだれでもない、このジェーンが欲しかった。

グラントはむりやり視線をそらし、またハンカチを水にひたすために身をかがめた。ますます困ったことに、目の前に太腿のつけ根の部分が見えたので、あわてて上体を起こす。息もつまるような思いで胸の汚れを落としにかかったものの、指で絹のような肌ざわりを感じ、乳首がぴんとはりつめているのを見るのは、まるで拷問に等しかった。

「きれいになったぞ」グラントはしゃがれた声でなんとかそう言って、ブラウスが置かれている岸辺にハンカチを投げた。

「ありがとう」ジェーンはささやくように言ったが、目には新たな涙があふれている。すすり泣きながらグラントのほうに身を投げだすと、彼のからだに腕をまわし、背中にすがりついた。広い胸に顔をうずめ、安定した心臓の鼓動を聞きからだのぬくもりを感じているると、安心できる。ただグラントがそこにいてくれるだけで恐怖が去っていった。なにもかも忘れて、彼の腕に抱かれていたい。

肌の感触を味わうかのように、グラントはかたい手のひらでゆっくりとジェーンの裸の背中を撫(な)でた。彼女はまぶたを閉じて彼に身をすりよせ、男らしいその香りを胸いっぱいに吸いこむ。酔いしれたような気分になってくらくらした。流れる水が足もとで渦を巻き、かすかなそよ風が濡れた肌を撫でていく。グラントはがっしりとして、とても温かい。彼の手が背中から肩にまわされたとき、ジェーンはこれまで経験したことのないような肌のほてりを感じた。

彼はもう一方の手を彼女の喉もとに滑らせてあごを包み、顔を自分のほうにむかせた。そして、あわてずゆっくり頭をさげて、唇を重ねる。彼の舌が中に入ってきて優しく動き、彼女の舌にふれた。ジェーンはなすすべもなくされるがままになっていた。こんなキスをされたのははじめてだ。きみは当然ぼくのものだとでも言いたげな、自信に満ちたキス。

ジェーンは彼の腕から逃れようとしたが、グラントはそっと力を入れて彼女をおとなしくさせると、頭をしっかりと支えてもう一度キスをした。ジェーンはふたたび彼に誘われて唇を開き、すぐに、どうして抵抗したのかも忘れてしまった。グラントの唇は温かく、舌は大胆に動き、ジェーンを酔わせる。彼のキスを受けると、からだの芯がうずいた。

すすり泣くような声がわれ知らずジェーンの口からもれた。その柔らかで女性的な声を聞いて、グラントがいっそうきつくジェーンを抱きしめる。彼女はグラントの首に腕を巻きつけてしがみついた。彼のシャツのボタンが裸の胸にくいこんだが、まるで痛みを感じない。グラントが飢えたように唇を押しつけてきたので唇がつぶされてしまいそうだったが、そんなことは気にもせず、彼女は自分からしがみついていった。ジェーンのからだはいままで感じたことのないような興奮でいっぱいになる。彼のかたい指先が肌を撫でるたびに、からだがうずいた。

グラントは大胆にジェーンの乳房を手で包み、ごつごつした親指でかたくなった胸の先端を愛撫した。快感がからだ中を走り、ジェーンは声をあげて叫んでしまいそうになった。自分のからだがどうしようもなくグラントを求めているのに驚く。自分は肉体的な快楽を追い求めるような人間ではないと思っていたのに、たったいま彼にそんな考えを打ちくだかれてしまった。知らないうちに理性など消え去ってしまったようだ。彼が身をこわばらせるのだけを感じ、自分のからだの奥深くにぽっかりと穴が開いたような感覚に襲われた。

時間はどんどん過ぎてゆき、木々のあいだからもれてくる午後の日ざしがいつの間にか、しま模様を描いてふたりを包んでいた。グラントの手が彼女のからだのあちこちを撫でている。ジェーンは抵抗することさえ考えつかず、まるで彼が自分の肉体のすべてを自由にする権利を持っているかのように身をまかせた。グラントはジェーンのからだを弓なりにそらせ、喉もとからかすかにわななく胸のふくらみへと燃える唇を這わせていく。乳首を口にふくむと、荒々しく愛撫した。ジェーンはからだに火がついたようになり、激しく身をくねらせた。

グラントの手が下のほうへおりてゆき、脚のあいだに滑りこんでいった。その大胆なふれかたに驚いて、ジェーンははっとわれにかえった。無意識のうちに身をかたくする。彼の首にまわしていた腕をおろし、からだをむこうに押しやった。低いしわがれ声がグラントの口からもれる。彼女はおびえた。どんなことをしても彼をとめられないのではないかと思ったのだ。だが、グラントは急に彼女をつきはなした。

ジェーンが少しよろめいたので、彼はさっと手をのばして彼女をつかまえた。顔を自分のほうにむかせて言う。「いつもこんなふうにして楽しんでいるのか？　ぎりぎりのところで男をはねつけるのがそんなに楽しいか？」

ジェーンはつばを飲みこんで言った。「そうじゃないわ。ごめんなさい。わたし、あんなふうにからだを投げだすべきじゃなかった――」

「まったくそのとおりだ」グラントは荒々しい口調で言った。目は怒りでぎらつき、薄い唇には残忍な表情が浮かんでいる。「この次は自分がなにを望んでいるか、はっきりさせておくことだ。ご期待にそうようにしてやるから。わかったな？」

そう言い残すと、彼は背をむけ、ジェーンを川のまん中に立たせたまま岸にむかって歩きだした。彼女は自分が裸同然でいることに気づいて、胸を腕でおおいかくした。もちろんグラントをからかうつもりなどなかった。ただ、彼がとても力強く落ちついていたから、彼にしがみつくのがいちばん自然なことのように思われただけだ。不意に嵐（あらし）のようなキスと愛撫を受けて心を動かされてしまったけれど、だからといって、よく知りもしないような男性と愛しあう気はない。

グラントは岸につくとふりむいてジェーンを見た。「来るのか来ないのか？」きつい口調で言う。彼女は胸を腕でおおったまま、彼のほうに近づいていった。「気にするな」グラントがぶっきらぼうに言う。「もう見てしまったし、ふれもした。いまさら恥ずかしがることもないだろう」ジェーンのほうをむいたまま地面のブラウスを指さした。「血を洗い流したいんじゃないのか？　ずいぶんいやがっていただろう？」

ジェーンは血がしみついたブラウスを見てまた少し青くなったが、落ちつきは失わなかった。「ええ、洗うわ」低い声で答える。「あの――ズボンとブーツをとってくれないかしら？」

グラントは面倒くさそうに鼻を鳴らしたが、岸を登ってズボンとブーツを投げてよこした。彼に背中を向けたままズボンをはく。ズボンにも血がついているのを見てぞっとしたが、ブラウスほどは汚れていない。下着も濡れていたが、どうすることもできなかった。

じめじめして気持ちが悪いけれど我慢するしかない。彼女は川辺の砂利の上にしゃがんで、ブラウスを洗いはじめた。赤いものが布地からしみだしてきて川の水を赤く染め、流れ去っていく。何度も何度も気がすむまでブラウスをこすりあわせた。やがて、あらんかぎりの力をこめてそれをしぼり、着ようとしたところで、グラントが怒鳴った。「ほら」と言って自分のシャツをさしだす。「それが乾くまでこれを着ていろ」

ジェーンは断ろうと思ったが、こんなところで意地をはってみてもどうにもならない。おとなしくシャツを受けとって、それを着た。大きすぎるが、乾いていて温かくて、そんなに汚れてもいないし汗と彼の肌の香りがする。なんとなくほっとするような香りだった。そのシャツにも赤黒いしみがついていて、グラントに命を救われたことを思いださせる。

ジェーンはシャツの裾をウエストで結び、砂利の上に座ってブーツをはいた。ふりむくと、彼がすぐうしろに立っていた。怒ったような厳しい表情をしている。グラントは彼女が岸を登るのを助けてから、ふたりのバックパックを肩に背負った。「そんなに遠くまで行かないつもりだ。ぼくのあとをついてこい。でも、ぼくがさわらないものにさわったり、ぼくの足跡以外の場所に足を踏みだしたりするんじゃないぞ。今度蛇が襲ってきても助けてやらないからな。ことさら危ない橋を渡るようなまねはしないでくれ」

ジェーンは濡れた髪を耳のうしろに押しやると、おとなしくあとに従った。しばらくは木の枝の下を通るたびに神経質に枝を見やったが、そのうち蛇のことはもう考えないようになった。過ぎたことをくよくよ考えていてもしかたがない。

そのかわり、彼女はグラントの広い背中を見つめて考えをめぐらせた。パパはどうやってグラント・サリバンのような男を見つけたのかしら。明らかに違う世界に住んでいるふたりなのに、どうして出会ったのだろう。

突然ある考えがひらめいて、背筋が寒くなった。ほんとうにこの人はパパと会ったのかしら。パパにグラントのような知りあいがいるなんて考えられないわ。彼女は自分がどんな立場にあるかよくわかっていた。だれもが彼女を手に入れたがっているし、グラントがだれの味方なのかわかったものではない。それにこの人はわたしをプリシラという名で呼んだわ。もしパパがこの人をよこしたのなら、わたしが生まれたときからずっとジェーンと呼ばれていたことを知らないなんておかしいわ。

そう言えば、ジョージは死ぬ前に、だれも信用してはいけないと言っていたっけ――。

もう利用価値がないと思ったら簡単に喉にナイフをつきつけるような男とジャングルのまん中でふたりきりになっているのだとは思いたくない。けれど、父親がグラントをよこしたという証拠はどこにもないのだ。彼はただわたしを殴り倒して肩にかつぎ、ジャングルにひきずりこんだというだけ。

だが、彼を信頼する以外に選択の余地はなかった。グラントを信用するのも危険だけれど、ひとりでジャングルを脱出しようとするのはもっと危険だ。それに、彼は優しさを垣間見せることもある。蛇からわたしを救ってくれたあとからだを洗ってくれたし、キスもした――。あのときのことを考えると、いまでも身ぶるいがする。たとえ彼が軍人であろうとなかろうと、敵であろうとなかろうと、この人が欲しいと思わされたのだ。頭ではこの人のことがよくわかっていないけれど、からだではわかっている。

これほどおびえていなかったら、そんなふうに感じるのはおかしいと思っただろうが――。

5

それからふたりは川から四十五度の角度でまっすぐにはなれていった。しばらくしてグラントは立ちどまり、あたりを見まわして肩から荷物をおろした。

「ここで野営しよう」

ジェーンは自分が役にたたないのが気まずくて、なにも言えずに、グラントが荷物を開いて小さく巻かれた包みをとりだすのを見ていた。またたく間に、それは小さなテントになった。ビニールのシートが敷いてあり、戸口はチャックで閉められるようになっている。テントができると彼は、テントが外から見えないようにおおうため、近くの木からつるや枝をとりはじめた。グラントはジェーンに目もくれなかったが、すぐに彼女も動きだして手伝いはじめた。彼はその姿をちらりと見やると、枝を集めるのは彼女にまかせることにして、自分はそれをテントにのせはじめた。

作業が終わると、グラントが言った。「たき火をするわけにはいかないから、食事をしたらすぐ寝よう。さすがにきょうは疲れたから少し寝たほうがいい」

ジェーンも疲れてはいたが、夜が来るのがこわかった。急に薄暗くなってくる。間もなく真っ暗になるだろう。前夜の完璧な暗闇を思いだすと、冷たい指に背中を撫でられたような寒気が走った。でも、これればかりはどうしようもない。なんとか耐えぬかなければならない。

ジェーンは自分のバックパックのかたわらに這っていき、オレンジジュースの缶をふたつ引っぱりだしてひとつをグラントに投げた。彼はうまく缶をつかむと、いらだたしげにジェーンの荷物に目をやった。「その移動式スーパーマーケットの中には、あといくつ缶が入ってるんだ?」

「いい質問ね。ジュースは売り切れだから、これからは水を飲まなくちゃいけないわ。グラノラバーを食べる?」ジェーンは彼のいらだちを無視してグラノラバーを手渡した。そして自分もグラノラバーを食べる。まだおなかがすいているので、別のものを捜しはじめた。「チーズクラッカーもいかが?」バックパックの奥から引きずりだして言う。

　顔をあげると、グラントが信じられないという顔をしてこちらを見ていた。彼が手をさしだしたので、ジェーンはチーズクラッカーをふたつに割って渡す。彼はふたたび彼女を見ると、頭をふって、なにも言わず自分の分を食べた。

「さあ、そろそろ寝る時間だ」グラントは立ちあがって一本の木をあごで示した。「あそこにちょうどいい化粧室がある。中に入る前に行ってくるか?」

ジェーンは木の陰に足を踏み入れた。彼は無作法で荒っぽくて、少し残酷で――そして命を助けてくれた。あの人になにを期待していいのかわからない。乱暴にふるまっていたかと思うと、思いがけず優しくしてくれてこちらの警戒心をとり除いてしまう。そのくせ、ふたりのあいだがうまくいきそうになると、まるでわざと口論をけしかけるかのようにとげのあるせりふを吐く。

グラントはテントの入口のところで待っていた。

「毛布は敷いてある。中に入ってくれ」

ジェーンは膝をついて小さなテントに入っていき、毛布の上に座った。グラントがふたりの荷物を中に押しこむ。

「荷物は適当にわきに置いてくれ。ぼくはちょっとまわりを見てくる」

ジェーンは荷物をテントのすみのほうに押しやると、あおむけになって緊張気味にテントの薄い壁を見つめた。半透明の布地を通して、光がぼんやり見えている。外はまだそれほど暗くはないが、カムフラージュ用に置いた枝のせいで中は暗かった。入口が開き、グラントが中に入ってきて入口のチャックを閉めた。

「ブーツを脱いで、すみのほうに置くんだ」

ジェーンはからだを起こし、言われたとおりにするとまた横になった。けれど緊張のために大きく見開いていたせいで、目が痛くなってきた。不安で身をこわばらせながら、彼がからだをのばしてあくびをするのを聞いていた。

少したつと、暗闇と同じくらい静けさが耐えがたくなってきた。「折りたたみ式のテントって便利なのね」ジェーンはだしぬけに言った。「なんでできているの？」

「ナイロンだ」グラントは答えながらまたあくびをした。「破れないようにできている」

「重さはどのくらい？」

「一キロ半だ」

「水を通さないようになってるの？」

「ああ、防水加工がしてある」

「虫も入ってこない？」

「そうだ。虫も入ってこない」

「もし豹が来たら――」

「いいか、これは豹も入ってこないし、防火や防かびの加工もほどこされている。蛇も通さないぞ。言っておくが象以外のものならなにが来ても平気だ。コスタリカで象に踏みつぶされるなんてことはありえないけれどね！　まだなにか心配なことがあるか？」グラントがたまりかねたように言う。「もしなければ、静かにして、少し眠らせてくれ」

ふたたび静けさが訪れた。ジェーンは落ちつかない気持ちを抑えようとしてこぶしを握りしめ、ジャングルの夜の音がしだいに大きくなるのを聞いていた。猿がけたたましい鳴き声をたてる。虫の鳴き声もしていた。木々もざわめいている。ジェーンは疲れきっていたが、少なくとも夜が明けるまでまったく眠れそうになかった。しかし夜が明けたら、横にいるこのタフな男は、またマラソン旅行をはじめるだろう。

グラントが少しも音をたてないのでジェーンは不安にかられた。息をする音さえも聞こえない。昔と同じような恐怖が胸にこみあげてきて、息が苦しくなる。ひとりきりになっているようなものだ。ひとりになるのはどうしても耐えられない。

「生まれはどこなの？」

グラントはため息をついた。「ジョージアだ」

それで南部なまりがあるんだわ。ジェーンはからからに渇いた喉を楽にしようとして、つばを飲みこんだ。グラントが話をしていてくれれば、ひとりではないと感じることができる。

「ジョージアのどこ？」

「南のほうだ。オーキフェノーキーというのを知ってるか？」

「聞いたことがあるわ。沼地ね」

「そこで育った。うちは沼地のはしに農場を持っていたんだ」そう、ごくふつうの少年時代だった。しかし、知らず知らずのうちに沼地で身につけた技術が、ぼくを人間ばなれした人間にして、すっかり人生をかえてしまった。グラントは過去の記憶を頭のすみに追いやって生きてきた。過ぎたことをいくら考えてもなんの役にもたたない。

「ひとりっ子なの？」

「なんでそんなにいろいろ知りたがるんだ？」グラントは詮索（せんさく）されるのをいやがってはねつけるように言った。

「ただ聞いてみたかっただけよ」

そのとき彼は、なにかが引っかかるのを感じた。ジェーンの声の調子がどこかおかしい。しばらく話をさせておけばその原因がわかるかもしれない。

「妹がひとりいる」気は進まなかったが、ようやく口を開く。

「そんな感じがしたわ。だってすごく偉そうにしてるんだもの」

グラントは皮肉をやりすごして言った。「四歳違いなんだ」

「わたしはひとりっ子よ」

「知ってるよ」

ジェーンはほかになにか言うことがないかと必死で考えたが、暗闇のせいでパニックに陥り、なにも思いつかない。無意識にグラントのほうに手をのばしかけたとき、その気もないのに誘うようなまねはするなと言われたことを思いだした。歯をくいしばり、手をのばさないように一生懸命こらえていると、目に涙があふれてくる。泣くまいとしてまばたきをくりかえした。「グラント」ジェーンはふるえる声で言った。

「なんだ?」グラントが怒ったように聞く。

「またあなたに身を投げだすようなまねをするつもりはないのだけれど――手を握っていてもいいかしら? 暗闇がこわいの。ひとりじゃないと感じていられれば安心できるから」

彼は一瞬静かになったが、すぐにがさがさと音をたてて横むきになるのが聞こえた。

「ほんとうにそんなに暗闇がこわいのか?」

ジェーンは笑おうとしたが、声がふるえてしまってすすり泣くような声しか出なかった。

「どれだけこわいか、言葉では言いつくせないくらいよ。暗闇の中ではまったく眠れないの」

「そんなに闇をこわがるくらいなら、どうしてひとりでジャングルに入ろうとしたんだ?」

浅黒くて、ハンサムで、信じられないほど残忍な顔がジェーンの頭に浮かぶ。「トゥレゴといるよりは、ジャングルで死ぬほうがましだからよ」静かに答えた。

グラントはうなった。その気持ちは理解できないこともないが、それほどトゥレゴを毛嫌いするにはなんらかの理由があるはずだ。トゥレゴは彼女を襲ったのだろうか? 「トゥレゴと寝たのか?」

ぶしつけな質問をされて、ジェーンは身をふるわせた。「いいえ、できるだけ彼をよせつけないようにしていたわ。ただ、きのうあの人が出ていったとき――たった一日前のことなのね。一年ぐらいたった気がするけど。とにかく、今度彼が戻ってきたら、もうとめることはできないと思ったの。時間がなかったのよ」

「どうしてそんなに確信が持てるんだ?」

ジェーンは口をつぐんだ。この人はどこまで知っているのかしら。できることならすべて話してしまいたい。これ以上この悪夢をひとりで背負ってはいられない気がした。この腕の中に飛びこんで、これまでどんなに孤独だったか洗いざらいぶちまけてしまえたら――。ああ、でも、だめ。それはできない。彼が事件に深くかかわっていないのなら、そのままなにも知らないでいるほうが彼のためだ。もしもすでに巻きこまれてしまっているのなら、わたしがどれだけこの事件にかかわっているか悟られないようにするほうが、逆にわたしのためになる。

「べつに確信があったわけじゃないわ。ただトゥレゴといるのがこわかっただけ」

グラントがなにかをつぶやいたきり会話が続かなくなった。急に歯の根がかみあわなくなったので、必死で歯をくいしばる。テントの中はむし暑かったが、ジェーンのからだはぞくぞくした。どうして彼はもっとなにか言ってくれないのかしら。これじゃまるでひとりでいるみたい。こんなに音をたてずにいられるなんて不自然だわ。

「パパはどんなようすだった?」

「どうしてそんなことを聞く？」

「ただどうしているかと思って」わざとはぐらかしているのかしら。なぜパパのことを話そうとしないの？　もしかしたら、パパに雇われたという話は真っ赤な嘘で、会ったこともない人について話なんてできないから？


慎重に答を捜しているかのようにしばらく沈黙があったあと、グラントは言った。「とてもきみのことを心配してるよ。意外に思うかい？」

ジェーンは驚いた。「もちろんそんなことないわ。心配してくれなかったら、それこそ意外だわ」

「きみとうまくいっていないのに、きみをトゥレゴから助けだすために一財産払おうとしていると聞いても驚かないのか？」

ジェーンは頭が混乱してきた。まったく別人のことを話しているように、会話がすれ違っている。「なんのこと？　わたしたち親子の関係はとってもうまくいっているわ。ずっとそうよ」

姿も見えなければ声もしないが、突然彼の態度がかわったのがわかる。まるで空気中に電気が充満したようだ。強い危機感に襲われて、からだ中のうぶ毛が逆だった。危険な香りがグラントから発散している。思わず彼女はテントの中のかぎられたスペースの中でできるだけグラントからはなれた。だが逃げることはできない。彼はまるで蛇のようにいきなりジェーンのからだを押さえつけると、手首を痛いほどの力で握りしめた。「さて、ジェーンだかプリシラだかだれだか知らないが、話をしようじゃないか。ぼくが質問するから、きみは答えろ。間違ったことを言ったら、いやな目にあうことになるぞ。きみはだれだ?」

いったいなにを言いだすのかしら。ジェーンは自由になろうともがいたがだめだった。グラントの全体重がのしかかっているのだ。たくましい脚にしっかりと押さえられているので、蹴ることもできない。「どうして――? グラント、痛いわ!」

「質問に答えろ! ジェーン・グリアよ!」ジェーンはユーモアまじりに言おうとしたが、あまりうまくいったとはいえなかった。

「嘘をつかれるのは嫌いなんだ、ハニー」グラントの声はあくまでもソフトで、それがかえってジェーンをふるえあがらせた。トゥレゴでさえこんなふうにわたしを恐れさせたことはない。トゥレゴは危険な男だけれど、いまわたしを押さえつけているこの人ほど恐ろしくはない。この人なら武器を持たなくても、素手でわたしを殺すことができる。彼女にはもうどうすることもできなかった。

「嘘じゃないわ!」ジェーンは必死で抗議した。「わたしはプリシラ・ジェーン・ハミルトン・グリアよ！」

「もしそれがほんとうなら、ミスター・ジェームズ・ハミルトンが数年前に娘を勘当したことを知っているはずだ。だがきみはパパとってもうまくいってるんだろう？」

「そのとおりよ！　パパはわたしを守るためにわざとそうしたんだもの！」

　沈黙が訪れた。自分の心臓が激しく脈打っているのが聞こえる。ジェーンはグラントの反応を待った。が、彼がいつまでも黙っているのでいらだちがつのった。どうしてなにも言わないの？　すぐ近くにいることはわかるけれど、この窒息しそうな暗闇の中ではまったく顔が見えない。

「なかなかうまい答だ」ようやくグラントが口を開く。冷淡で皮肉たっぷりなその言いかたに、ジェーンはたじろいだ。「だが残念ながらいまひとつだ。もう一度なにか言ってみろ」

「ほんとうのことよ！　誘拐犯の標的にされないようにするために勘当したの。わたしが考えついたのよ」

「きみの考えそうなことだ」グラントの低いうなり声を聞いて、ジェーンは身ぶるいした。

「さあ、もっとましなことが言えるはずだ」

　ジェーンは目を閉じて、どうすれば本人であることを信じてもらえるかを必死で考えた。

身元を証明するようなものはなにも持っていない。パスポートはトゥレゴにとりあげられてしまっていた。「それじゃあ、あなたはどうなの？」突然怒りにかられてジェーンは切りかえした。文句も言わずについてきたのに、どうしてこんなに恐ろしい目にあわせるの？「あなたこそだれなの？　パパがあなたを雇ったかどうかなんて、わかったものじゃないわ。もしそうなら、どうしてわたしがプリシラとは呼ばれていないことを知らなかったの？」

「ちょっと注意しておくが優勢なのはこっちだ。質問に答えるのはぼくじゃなくてきみのほうだ」

「答えたのに信じてくれなかったんじゃない。わたしがテロリストに見える？　殴り倒したり、ゴムボールみたいに地面に投げつけたりしておいて、よくもわたしが危険人物のような言いかたができるわね！　身体検査でもしたら？　そうすれば安心して眠れるわよ。ひょっとしたら、バズーカ砲を脚にくくりつけてるかもしれないわ。なにしろ危険人物ですものね！」ジェーンは怒りに声を荒らげたが、グラントが胸に全体重をかけてきたのでなにも言えなくなった。彼女があえぐと、彼は少しからだを持ちあげた。

「いや、きみは武器は持ってない。さっき服を脱がせたときに見たよ。覚えてるか？」あのときどんなふうにキスされたか、彼にふれられてどんなふうに感じたかを思いだして、ジェーンは顔を赤らめた。グラントが思わせぶりになれなれしいようすで顔を近づけてきたので、彼女は息をのんだ。荒い息が髪を乱す。「だがぼくは女性の期待にそむくようなことはしたくない。お望みなら、身体検査でもなんでもしてさしあげよう」

ジェーンは憤慨して手をふりほどこうとしたが、むだな努力だと悟って抵抗するのをやめた。がっくりと沈みこんだとたん、頭がはっきりして、あることを思いつく。「パパに会ったとき、家には行ったの？」

グラントが静かになる。それから急に興味を示したように言った。「ああ、行ったよ」

「書斎に入った？」

「ああ」

「それじゃ、あなたみたいに鋭い人なら、暖炉の上の肖像画に気づいたはずね。あれはわたしの祖母よ。パパのお母さん。あの絵の中では座っていて、膝の上に薔薇(ばら)を一本持っているわ。じゃあ、ドレスは何色だったか言ってみて」

「黒だ」グラントはゆっくりと言った。「そして薔薇は血のように赤い」

しばらくふたりともなにも言わなかった。やがてグラントがジェーンの手をはなし、彼女の上から起きあがった。

「わかったよ。疑わしきは罰せずだ」

「そう、ありがとう！」ジェーンは不機嫌そうに手首をこすりあわせて怒りの表情を保とうとしたが、ほっとした気持ちを隠すことができなかった。確かにパパがこの人を雇ったんだわ。そうでなければ、書斎の肖像画のことなんて知っているはずがないもの。いろいろ問題はあるし頭にも来るけど、いまのところは許しておこう。なにしろまだ夜明けまでは間があるし、そばにいてくれるだけでもうれしい。

「礼なんか言うな」グラントは疲れたように言った。「おとなしくして、眠るんだ」

眠れですって？　ああ、眠れさえしたら！　ひとりではないことが頭ではわかっていても、心の底ではもっとはっきりした確証を求めている。彼の姿を見るか、声を聞くか、からだにふれることができれば。姿を見るのはむりだ。懐中電灯があっても、ひと晩中それをつけていてくれるとは思えない。ずっと起きていて話しかけてくれるはずもない。でも、ちょっとふれているだけならそんなに気にしないかもしれないわ。そう思ってジェーンは右手をのばし、指でほんの少しグラントの腕にふれた——とたんに、あざになりそうなほど強く彼が手首をつかむ。

「痛い！」ジェーンが悲鳴をあげると、グラントは力をゆるめた。

「さあ、今度はなんだ?」声の調子から、彼の我慢も限界に来ていることがわかる。

「あなたにふれたかっただけ」すっかり疲れきって、彼がなにを考えているか気にする余裕もない。「そうしていればひとりじゃないってわかるから」

グラントはうなった。「わかったよ。さもないと眠らせてもらえないようだな」彼はごつごつした手をジェーンの手に滑りこませ、指をからませた。「さあ、これで眠ってくれるね？」

「ええ、ありがとう」ジェーンはささやいた。

そのかたい手はとても温かく力強く、ジェーンは言葉にできないほど元気づけられた。ゆっくりとまぶたを閉じて、徐々に緊張を解いてゆく。夜の恐怖は襲ってこない。疲労の波が押しよせて、まるで明かりが消えるようにすぐに眠りに落ちた。

グラントは夜明け前に目をさました。五官がすぐにフル活動をはじめる。いまどこにいるのか、何時ごろなのか、彼にはよくわかっていた。ジャングルの物音はふだんどおりで、近くにほかの人間はいないことがわかる。そこまで考えをめぐらせて、ふと身動きができないことに気づいた。原因はわかっている。ジェーンが上に寝ているのだ。

ベッドがわりに使われることは、それほど気にならなかった。彼女は温かく女らしい香りに満ちあふれていた。柔らかな胸の感触が心地よい。前に女性と愛を交わしてからだいぶたっていて、その感触がどんなにすばらしいものだか忘れてしまっていた。それまでつきあった女性との関係もその場かぎりのものにすぎず、ひとたびことが終わってしまえば、二度と思いかえすことなどなかった。特にこの一年間は、他人の存在が我慢ならなかった。手負いの動物にでもなったかのように、ひとりで過ごすことが多かった。さわやかで熱いテネシーの太陽によってからだは癒されたが、心の中にはまだ冷たい暗闇がある。

それにしても、眠っていたとはいえ、ジェーンはどうやってぼくを起こさずに上に乗ったのだろう？　ぼくの眠りをさまさずに近づいてきたのはこれで二度目だ。どうも気に入らない。一年前なら、そばでぴくりと動かれただけでも警戒しただろうに。

そのときジェーンが身動きをして、眠ったままそっとため息をもらした。片方の腕が彼の首に巻きつき、顔は胸に押しつけられている。脚は脚で彼の脚とからみあい、髪は彼のむきだしの肩や腕にまつわりついている。グラントは自分にいらだちながらも身をこわばらせてゆっくりとジェーンのからだに腕をまわし、しなやかな背中に手を滑らせた。その気になれば抱くこともできる。高度に専門的な訓練によって、他人に激しい苦痛を与える方法を身につけた彼は、その知識の副産物として、よろこびを与える方法も身につけていた。神経が通っているとは本人も気づいていないような部分を刺激することもできる。そのうえ、自分の反応をコントロールすることもできたから、相手が完全に満足するまで待つこともできる。

すぐにも彼女をものにすることができると思うと、グラントの頭は妄想でいっぱいになった。十分もあれば、彼女のほうから求めてくるようにすることもできる。しかしそれを実行に移さなかったのは、ジェーンが子どものように信頼しきった顔で自分の上で丸くなっているからだった。なにがあってもあなたが助けてくれるわねとでも言うように、安心しきって眠っている。長いことそんな信頼とは無縁の人生を送ってきた彼には、こんなにやすやすと他人を信頼できる人間がいるというのは驚きだった。なんだか落ちつかない気分だったが、同時に気持ちのいいものでもある。グラントは、眠っているジェーンを抱きながら暗闇を見つめていた。

朝の光が木々のあいだからかすかにもれはじめたとき、グラントは彼女の肩に手をあて、軽く揺さぶった。「ジェーン、起きるんだ」

なにかわけのわからないことをつぶやいて彼女がからだをすりよせてくる。グラントはそっとからだをずらして、ジェーンを毛布の上におろした。彼女の腕はまだ彼の首に巻きついていて、落ちるのをこわがっているようにしがみついている。「待って！　行かないで」ジェーンは切迫した口調で言って、自分の声で目がさめた。「もう朝なの？」

「そうだ。もう朝だ。ぼくが起きられるようにしてくれないかな」

ジェーンは混乱した面持ちでグラントを見つめ、それから自分がまだ首にしがみついているのに気づいて、ぱっと手をはねのけた。「ごめんなさいね」まだ薄暗くてよくわからないが、顔が赤くなったようだった。

からだは一応自由になったが、テントを出るのはなぜか気がすすまなかった。左腕がまだジェーンの枕になっている。彼女にふれていたいという欲求に逆らうことができず、シャツの布地の下に手を滑りこませ、彼女の腹部に手をのせた。指と手のひらで絹のような肌ざわりを楽しむ。

ジェーンの呼吸が速まった。寝ているあいだゆっくりと規則正しく打っていた心臓の鼓動も、おかしくなったような勢いで鳴りはじめる。「グラント？」彼女はためらいがちに言った。

彼の手はただおなかの上に置かれているだけだったが、ジェーンの胸は甘い予感でいっぱいになった。からだの奥がうずきはじめる。川の中でほとんど裸になって彼の腕に抱かれ愛撫(あいぶ)を受けたあのときと同じような、うつろな感覚に襲われた。その感覚が少しこわかった。そして、そんな気持ちを自分の中に呼びさましたグラントのこともこわかった。ジェーンがベッドをともにしたことのある相手は夫だけだった。しかし、結婚生活においてその面での相性もあまりいいとは言えなかったので、そういうことに関する彼女の知識は非常にかぎられていた。目ざめることもないまま興味さえ失ってしまったほどだ。どのみち、クリスとの体験はあまり役にたたない。優しくて陽気で、背丈もあまり彼女と違わなかった前夫のクリスと、ここにいる大きくて荒っぽくてたくましい戦士を比較してみてもはじまらない。ベッドの中でのグラントは優しいだろうか。それとも完全にわたしを支配してしまうだろうか。だれかに支配されるというのはジェーンにとって一番恐ろしいことだった。これまでずっと、自立を求めて努力してきたのだ。恐怖から逃れ、両親の過保護から自由になるために。自分の人生は自分で決めようとして、長いこと必死で闘ってきたのだ。だから、こうして完全にグラントの力にすがっているのはこわいような気がした。でも、護身術の訓練も彼が相手ではなんの役にもたたない。身を守るすべはなかった。

ただグラントを信用するほかない。

「こわがらなくていい」グラントは静かに言った。「きみを襲うつもりはないよ」

「わかってるわ。信じてるから」ジェーンはそうささやいて無精ひげの生えたグラントのあごに手をあてた。

彼は皮肉めいた笑みを浮かべた。「ぼくを信用しすぎないほうがいいぞ。目がさめたとき、きみが腕の中にいたりすると、自分を抑えるのがたいへんなんだから」そう言いつつも彼は、自分のほおを撫でていた手をとって、華奢な手のひらに素早くキスした。「さあ、もう行こう。すっかり明るくなったのにこんなテントの中でぐずぐずしていたら、見つけてくださいと言っているようなものだ」

グラントは上体を起こし、ブーツに手をのばすと慣れた動作で足をぐいと入れて靴ひもを結んだ。ジェーンもからだ中が痛むのを我慢して起きあがる。あくびをして、もつれた髪の毛をうしろに押しやると、ブーツをはいた。はき終えるころにはグラントがすでにテントを出ていたので、ジェーンもあとから這いだす。立ちあがって痛む筋肉をのばし、手でつま先をほぐした。彼女がそうしているあいだに、グラントが手早くテントを片づける。一瞬のうちにテントが信じられないほど小さな包みになって、巻きあげられた薄い毛布と一緒にバックパックの中にしまいこまれた。

「きみの底なしのバックパックの中に、もっとごちそうが入ってるかい？　なければ携帯食料を食べることにしよう」

「あの気味の悪い缶詰？」

「そうだ」

「ちょっと待ってね。オレンジジュースはもうないけど――」ジェーンは荷物を開くと中をのぞきこみ、手を奥につっこんだ。「グラノラバーがふたつ残ってるわ！　ココナツのほうをもらっていいかしら。レーズンはあまり好きじゃないの」

「いいよ。どっちみちきみのものだからね」

ジェーンは怒ったようにグラントを見た。「あら、わたしたちふたりのものよ。待って――ここに缶詰が――」缶詰を引っぱりだしてラベルを読むと、勝ち誇ったような笑みを浮かべる。「スモークサーモンよ！　クラッカーもあるわ。さあ、座って。朝ごはんにしましょう」

グラントはすなおに腰をおろし、ベルトからナイフをとりだしてサーモンの缶詰に手をのばした。

ジェーンが缶詰を引っこめて眉をつりあげる。「ちょっと、缶詰をナイフで開けるなんてとんでもないわ！」

「そうかい？　ナイフを使わないんだったら、歯で開けるのか？」

ジェーンがあごをつきだして、もう一度バックパックの中を探る。缶切りを引っぱりだすと、それを彼に手渡しながら言った。「わたしは逃げるときも上品にするのよ」

グラントは缶切りを受けとって、サーモンの缶詰を開けはじめた。「わかったよ。でも、どうやってこれだけのものをかき集めたんだ？　逃げるために必要なものをリストアップしてトゥレゴにとりよせてもらったとしか思えないな」

彼女はくすくす笑った。そのハスキーで豊かな笑い声を聞いて、思わず彼は缶詰を開ける手をとめ、顔をあげた。つきさすような黄金の瞳で、宝石でも鑑定するようにジェーンの顔を見つめる。だが彼女はクラッカーのほうに気をとられていて、その一瞬の表情には気づかなかった。

「まあ、そんなところよ。必死で集めたわ。トゥレゴにねだったものはほとんどないけど、コックとちょっと話をしたら、たいていわたしの欲しいものを持って現れてくれたわ。もちろん毎晩のように台所や兵舎に忍びこんでなにかもらってきたし」

「そのバックパックもそうか？」

いとおしげにバックパックを撫でながら彼女が答える。「すてきなバックパックでしょ？」

彼は返事をしなかったが、目尻にかすかなしわをよせて笑みを浮かべた。平和な雰囲気の中で、ふたりは静かにサーモンとクラッカーを食べた。グラントはグラノラバーも食べたが、彼女は自分の分をとっておくことにした。

ジェーンはバックパックのわきにしゃがんでブラシをとりだし、もつれた髪をとかした。濡れナプキンで顔と手をきれいにふく。「あなたもお使いになる?」優雅にそう言って、ナプキンの包みをひとつさしだした。

しばらく彼は呆然とジェーンを見つめていたが、やがて包みを受けとった。小さな濡れナプキンはさわやかな香りがして、それで顔をぬぐうと少し涼しくなったような気がした。

不意に聞き慣れた音がして、グラントはジェーンのほうを見た。歯みがきのチューブがそばに置いてあり彼女が熱心に歯をみがいている。そして歯みがきを吐きだすと、小さなビンをとって口につけた。中の液体を口に含んでうがいをし、またそれを吐きだしている。驚きに見開かれたグラントの目にビンのラベルが映った。たっぷり五秒間、グラントは口をぽかんと開けてその光景を見ていた。やがて座りなおすと、こらえきれずに笑いだした。ジャングルの中でペリエのミネラルウォーターで口をゆすぐ女なんて!

6

ジェーンは一瞬ふくれっつらをしたが、グラントの笑い声を聞けたのがとてもうれしくて、数秒後には自分でも少し微笑みながら、ただ彼を見つめかえしていた。彼が笑うとその目からかげりが消えて、傷のある厳しい顔つきが若々しく美しくさえ見えて、胸にとろけるような痛みを覚える。その目がふたたびかげることがないように、抱きしめてあげたくなった。だがすぐに、母親のような気分になるなんてばかげている、と思いなおす。かまうようなそぶりを見せてもよろこばないだろうし、かえって誘っていると思われるかもしれない。

自分の気持ちを隠すように、彼女はバックパックの中に荷物をしまいこんだ。そしてグラントのほうを見る。「あなたも歯みがきを使う?」

彼はまだくすくす笑っていた。「ありがとう。でも、それなら自分のがあるし、水は水筒のを使うよ。しかし、ペリエとは驚いたな!」

「そりゃあ水筒のほうがいいとは思ったけど、手に入らなかったのよ。これでも、かちかち音をたてたり割れたりしないように、ビンを全部布にくるんだりしてたいへんだったんだから」

ジェーンにとっては完全に筋の通った説明だったが、グラントはまた大笑いしはじめた。丸めた背中をふるわせて両手で頭を抱え、涙が流れだすのもかまわず笑いつづけている。

ようやく笑うのをやめて歯をみがきはじめたが、少しむせたような音をたてているので、まだひどくおかしがっているのがわかった。ジェーンは彼を笑わせることができたのがなぜかうれしくて、気分が明るくなった。

洗っておいたブラウスにさわってみると、ごわごわしていたがとにかく乾いていた。

「シャツをお返しするわ」背を向けてシャツを脱ぎはじめる。「貸してくれてありがとう」

「きみのは乾いたのか？」

「ええ、すっかりね」ジェーンはシャツを自分のバックパックの上に落とすと、急いでブラウスを着ようとした。片方の袖に腕を通したとき、グラントが乱暴になにか怒鳴る声が耳に入る。彼女はびっくりして飛びあがり、肩ごしにふりかえった。

彼が厳しい顔をしてつかつかと歩みよってくる。ほんの一瞬前まではあんなに明るい表情だったのに、いまは雷雲が広がったように険しくなっていた。「腕をどうしたんだ」ジェーンの肘をつかんで腕をしげしげと眺める。「こんなになっているのに、なぜ言わなかった？」

ジェーンはひどく無防備な気分になって、自由なほうの手でブラウスをつかんで、あらわになった胸にかぶせようとした。

「そんなに恥ずかしがってもしかたないだろう」グラントはいらだったように言った。「言ったはずだ。ぼくはすでにきみが服を着てないところを見てるんだよ」

確かにそうだったが、わかっていてもどうにもならない。優しく腕を調べられているあいだ、ジェーンは真っ赤な顔をして身じろぎもせずに立っていた。

「ものすごいあざじゃないか。痛むかい？」

「痛むけど動かせるわ」彼女は気丈に言った。

「どうしてこんなふうになったんだ？」

「いろいろあったから」ジェーンは明るく言って、恥ずかしさを隠そうとした。「ここのあざは、あなたが寝室に忍びこんできてわたしをふるえあがらせたあと、わたしの腕を殴ったときにできたの。こっちの大きくて色とりどりのあざは、きのうの朝あの絶壁を落ちたときにできたもの。ここにあるみみずばれは——」

「わかった、わかった。けがさせて悪かったとは思ってるが、あのときは相手がだれだかわからなかったんだ。でもきみは、お返しにみごとなキックをお見舞いしてくれたね」

ジェーンは自責の念にかられて茶色の瞳を見開いた。「あんなことするつもりじゃなかったのよ。ただ反射的にからだが動いてしまって。だいじょうぶだった？　その――あとあとまで影響が残るようなことにならなかったかしら」

グラントはそのときの苦痛を思いだして、不本意ながらにやりとした。「いや、すべて順調に機能しているよ」ブラウスで隠された彼女の胸もとを見て、その琥珀色の目が溶けた金のような色に輝いた。「川の中でキスしたとき、わからなかったかい？」

無意識に視線を下のほうにむけた彼女は、自分がなにを見ているかに気づくと、あわてて目をそらした。「まあ」ぼんやりと言う。

彼はゆっくりと頭をふって、ジェーンを見つめた。まったく矛盾だらけの女性だ。無邪気かと思うとへそ曲がりで、やたらと上品にふるまうかと思えば、びっくりするほど度胸がある。知らず知らず彼女と過ごす時間を楽しむようになっているが、慎重にならなければ。責任を持ってジェーンをコスタリカから連れだす使命があるのに、彼女に夢中になったりしたら、その身を気づかうあまり判断力が鈍ってしまうかもしれない。だが、はたしてどれだけ我慢していられるだろうか。現にいまもジェーンが欲しいし、その思いはつのるばかりだ。どういうわけか陽気で幸福な気分にもなる。笑いとばしたくなるかと思えば、殴ってやりたくもなるが、それでも、一緒にいて退屈するようなことはない。いままでに女性と一緒に笑ったことがあっただろうか。特にここ数年間――。

猿の鳴き声がしてはっと上を見あげると、重なりあった木々の葉のすき間から日の光がさしこんでいた。ぐずぐずしていると、移動のための時間がなくなってしまう。「ブラウスを着るんだ」グラントはきびきびと言って、自分のバックパックを背負った。きちんと金具をとめると、ジェーンのバックパックを右肩にかけ、左の肩にライフルをかける。そのころには彼女もブラウスを着ていた。裾はズボンに入れないで、グラントのシャツを着ていたときと同じようにウエストで結ぶ。彼はすでにジャングルの中へ出発しようとしていた。

「グラント！　待って！」ジェーンは彼の背中にむかって叫び、急いであとを追った。

「ちゃんとついてこいよ」歩調をゆるめることもなく、彼はそっけなく言った。

昼になって、ふたりは食事をするためにとまった。今度こそ携帯食料に頼らなければならない。ジェーンは中身をちらりと確認すると、できるだけそれを見ないようにして口に押しこみ、ほとんど味を感じないうちに飲みこんだ。それほどまずいわけではないが、ただただつまらない味だった。ひとり一本ずつペリエの水を飲む。雷が鳴っていつものどしゃぶりの到来を告げたので、グラントはすぐ岩がつきでている下に避難場所を見つけた。入口が部分的に木の茂みでふさがれていて、居心地のよい安息所になっている。

ふたりはしばらくのあいだ、どしゃぶりの雨を眺めていた。グラントがおもむろに長い脚をのばし、背中を倒して肘でからだを支えた。「きみの父親がきみを守るために勘当したという話を聞かせてもらいたいな」

ジェーンは小さな茶色の蜘蛛が地面を横切るのを見ていた。「とても簡単なことよ。二十四時間警護つきで生きていく気はなかったから、誘拐されるような原因をとり除くのがいちばんだということになったの」

「ちょっと極端じゃないか？　あらゆる木の陰に誘拐魔が隠れているみたいで」

「そうね」ジェーンはまだ蜘蛛を見ていた。蜘蛛が岩の割れ目に入って見えなくなると、ため息をつく。「パパは、また誘拐されたら今度は生きて帰れないだろうと思ってたのよ」

「今度って？　前にも誘拐されたことがあるのかい？」

ジェーンはうなずいた。「九歳のときに」

彼女はそれ以上なにも言わなかった。できれば詳しい話はしたくないと思っているようだったが、グラントは話を聞きたかった。彼女のことをもっと知りたい。女性に対してこれほど好奇心をかきたてられたのははじめてだった。ほとんど脅迫されているようなものだ。からだを楽にしているはずなのに、緊張で筋肉がはりつめてくる。ジェーンはひどく冷静に言ったが、その誘拐事件がその後の彼女に大きく暗い影を落としてきたことはまちがいない。

「なにが起こったんだい？」なにげない調子を保ちながらたずねる。

「ふたりの男が放課後にわたしを誘拐して、空家に連れていき、パパが身代金を払うまで戸棚に閉じこめておいたの」

　ばかばかしく思われるくらい簡潔な説明だった。誘拐事件のようなショッキングな事件が、たったひとつの文に凝縮されてしまうなんて！

　誘拐犯が身代金を払わせるためにどういう手口を使うのか、グラントはよく知っていた。ジェーンの線の細い横顔とふっくらした唇を見ているうちに、暴行されたのかもしれないと思って怒りがこみあげてきた。

「襲われたのか？」もうなにげなさを装ってなどいられない。彼の荒々しい言いかたに、ジェーンはかすかな驚きの色を浮かべて視線をあげた。

「そんなことはされなかったわ。戸棚の中にひとりで閉じこめられただけ。真っ暗だった――」

　それ以来ずっと、暗闇の中でひとりになることを恐れてきたのだろう。原因はこの事件にあったわけだ。「どんなようすだったか話してくれ」グラントは優しく促した。

　彼女が肩をすくめる。「そんなに話すことなんてないわ。どれだけ長いこと閉じこめられていたかもわからないんだもの。近くに家がなくて、悲鳴をあげてもだれにも聞こえなかった。犯人たちはわたしを残して、両親と交渉するために出ていったわ。いくらたってもふたりが戻ってこなくて、わたしはこのまま暗い戸棚の中で死んでしまうだろうと思ったのよ」

「きみの父親は身代金を払ったのか？」

「ええ。でもパパは利口だったわ。誘拐犯の言うことを信じていたらわたしを生きて連れ戻すことはできないと思って、警察を呼んだの。呼んでくれてほんとによかったわ。彼らが空家に戻ってきたとき計画を話しあう声が聞こえたんだけど、顔を知られてしまったからわたしを殺して死体をどこかに捨てていこうと言っていたわ」ジェーンは自分の話から逃避しようとするかのように、下をむいて、地面を観察するのに熱中した。「でも、家のまわりを警察の狙撃隊がとり囲んでいるのを見てわなにはまったと知ると、彼らはわたしを人質にして逃げようとしたの。ひとりの男がわたしの腕をつかんで頭にピストルをあてて、家を出るときふたりの前を歩くようにさせたわ」

彼女は肩をすくめると、大きく息を吸いこんだ。

「そのとき、なにかにつまずいたのか、一瞬気を失いそうになったのか覚えていないけれど、とにかくわたしが倒れて、その拍子に誘拐犯が手をはなしたの。ピストルがわたしの頭からはなれると同時に警察がふたりを撃って、ふたりとも死んだわ。わたしを――わたしをつかんでいた男は胸と頭を撃たれて、わたしの上に倒れてきたの。血がわたしのからだ中に飛び散って、顔にも、髪にも――」声がしだいに小さくなった。

一瞬、彼女は、そのときに味わった恐怖と嫌悪を思い起こした。が、すぐにいつもの自分をとり戻す。表情をやわらげ、目にいたずらっぽささえ見せて、グラントのほうを見た。

「さあ、今度はあなたの番よ。あなたにどんなことが起こったか話して聞かせて」

昔はなんとも思わなかった。ぞっとするような厳しい生活を、なにも考えずに受け入れてきたのだ。いまでも、そのときのことを思いだしてたじろぐようなことはない。それらの記憶は自分の血肉にすっかりしみついて、存在の一部と化している。しかし、並はずれて無邪気なジェーンの目を見ていると、自分が経験してきたうちでもっともあたりさわりのない事件でさえも、残酷すぎてとても話せなかった。

「なにも話すようなことはないよ」グラントは穏やかに言った。

「そうでしょうとも！」突然彼女はなじるように言って、グラントとむきあうように座りなおした。手のひらにあごをのせ、しげしげとグラントを見つめる。この人が普通の人生を送ってきたなんて言ったら、ブーツを食べてやるわ。ブーツにさっと目をやりながらそう考える。それから視線を戻し、顕微鏡をのぞきこむ科学者のように熱心に彼を見つめた。傷のある顔はがっしりとして、ブロンズ色の肌がくっきりした骨格の上にぴんとはっている。澄んだ琥珀色の目はトパーズよりも明るく、黄色いダイヤモンドのようだ。無表情な目だが、耐えがたいような経験をしてきたことを物語っている。「あなたはスパイなの？」ジェーンは興味ありげにたずねた。なぜか、彼がただの軍人だとは思えなくなっていた。

もう少し違った仕事をしていたはずだ。

彼の口もとがゆがんだ。「いや、違う」

「そう。それじゃ、質問のしかたをかえてみるわね。あなたは以前スパイだったの?」

「どんなスパイだ?」

「はぐらかさないで！　スパイ映画に出てくるようなスパイよ。ほら、オーバーコートを着て、四十種類も身分証明書を持っているような」

「違うよ。想像がたくましすぎるんじゃないか?　ぼくのような体格ではすぐに正体がばれてしまうから、スパイはむりだ」

確かにそうだ。お茶会に戦士がひとりまぎれこんだように目だってしまうだろう。そのとき彼女は真相を悟った。「もう引退したの?」

彼が長いこと黙っているので、答える気がないのだと彼女は思った。まったく別のことを考えているように見える。だが、やがてグラントはきっぱりと言った。「ああ、引退したよ。もう一年になる」

彼はこわばったようなうつろな表情をしている。ジェーンの胸は痛んだ。「あなたって──自分自身が兵器のようなものだったのね?」

グラントはゆっくりと視線をジェーンのほうにむけた。こわいくらいに透きとおった瞳だ。「そう。ぼくは兵器だった」

グラントにかなうものはひとりもいないだろう。影のように寝室に滑りこんできたとき、部屋中を満たしたあの危険な感じからもそれがわかる。でも、もはやグラントは残酷で日のあたらぬ生活に背をむけ、自分から引退したのだ。もちろん上官たちは、これほどの腕の持ち主を失いたくなかったにちがいない。

ジェーンは彼の手の上に自分の手を重ねた。小さくて華奢（きゃしゃ）なその手はグラントが不注意に指を動かしただけでこわれてしまいそうだったが、彼は荒々しいまねはしないと安心しきっていた。

グラントは大きく息を吸いこんだ。いますぐに、この土の上でジェーンと愛しあいたい。もっと彼女にふれたい。しかし、サテンのようになめらかなそのからだを求める気持ちは、せっかちに愛を交わすだけでは満足できないし、もう時間もない。雨足が弱ってきたから、もうすぐやむだろう。これ以上ぐずぐずしているわけにはいかない。

でも、その気持ちだけは伝えておきたい。グラントは手をあげてジェーンのあごを包み、親指で軽く唇を撫（な）でた。「きみをパパのところへ連れ戻す前に、きみを抱きたい」かすれ声で言う。「この調子だと、きみとはしばらくはなれられそうにないんだ」

ジェーンはその場に凍りついた。抗議することもできなかった。荒々しい欲望に満ちた彼の声に、きのうの記憶が呼びさまされたからだ。川の中に立って、グラントの燃えるようなキスと愛撫（あいぶ）を受けたとき、生まれてはじめて自分の中で欲望が渦巻くのを感じた。自分のからだがあれほどの反応をするなんて思ってもみなかった。いままたグラントがそんな反応を引き起こす。あからさまに抱きたいと言われて、裸のふたりがからみあっている光景が頭の中に浮かんだ。

彼はジェーンの表情の変化を見守っていた。少しショックを受けているようにも見えるが、怒ってはいないようだ。怒っても当然だと思ったし、逆におもしろがるのではないかとも思っていたのに、唖然(あぜん)としたような驚きの表情を見せるのでかえって当惑させられる。いままでにきみが欲しいと言われたことがないのだろうか。

雨がやむと、グラントはバックパックとライフルを肩にかついだ。岩の下から足を踏みだすと、彼女はひと言も口をきかずについてくる。あたりはすでに暑くなっていて、地面から水蒸気が立ちのぼり、息がつまるようだった。

また夜が来る。長い時間暗いテントの中で、グラントと一緒に過ごすのだ。彼女は妙に落ちつかない気分のままグラントについていき、彼がとまると、前夜のようにテントをつくってそれを隠す仕事を手伝った。冷たい携帯食料にも文句は言わず、ほとんど味などわからぬまま食べていた。そしてすぐにテントに入ってブーツを脱ぎ、彼が入ってくるのを待った。

グラントが中に入ってくると、ふたりは並んで横になり、外の明かりが薄れてゆくのを見た。

緊張が高まり、からだ中の筋肉がはりつめていく。暗闇が目に見えない化けもののようにのしかかってきて息苦しくなった。今夜は次々と質問が飛びだすようなことはないけれど、なんだかひどくおどおどした気分だ。もう何年もこんな気分になったことはない。彼女はすっかり自分がわからなくなった。

「ぼくのことがこわいのか？」グラントが優しく聞いた。

彼の声を聞いただけで、少し気持ちが楽になる。「いいえ」ジェーンはささやいた。

「それならこっちに来てくれ。きみを暗闇から守ってあげたい」

腕をつかまれて近くに引きよせられたかと思うと、たくましい腕の中に抱かれていた。

この力強い腕の中にいればなにもこわくない。

グラントはジェーンの頭を肩のくぼみに押しつけて、蝶の羽がかすめていくように軽く髪にキスをした。「おやすみ、ハニー」

「おやすみなさい」

彼が眠りに落ちてからずいぶんたっても、ジェーンは彼の腕の中で大きく目を見開いていた。重々しいリズムで心臓が高鳴り、からだの奥がかすかに震えている。眠れないのは恐怖のためではなく、激しい感情に心がかき乱されているからだった。

彼女はなるべく人を信用しないで生きていく方法を身につけていた。九歳のときの事件以来、男性をあまり近くによせつけないように警戒してきたし、その警戒心がなくなるほど男性に惹かれたこともなかった――そう、グラントに会うまでは。いまでは彼に惹かれていくばかりだ。ジェーンはその事実に気づいて呆然としたが、事実は受け入れなければならない。わたしはグラントを愛している。彼は厳しくて冷静で不機嫌で、ユーモアの感覚がまるで発達していないけれど、優しく蛇の血を洗い落としてくれたし、夜はずっと抱いていてくれるし、わたしが少しでも楽に進めるようにまわり道もしてくれる。わたしを欲しいと思っていても、わたしがその気になっていないのにからだを奪うようなことはしない。いまだって、暗闇をこわがるわたしを腕の中に抱いていてくれるのだ。グラントを愛することは、これまでの人生でもっとも簡単で、そして困難なことだわ――。

7

　翌朝グラントが目をさますと、またジェーンがからだの上で寝ていた。彼女の背中に手を滑らせながら、自分の鋭敏な感覚が彼女を警戒しないのも当然だと思う。ジェーンの存在はまったく危険なものではないのだから。もちろん、ぼくを夢中にさせるという危険はある。ジェーンの背中が小さく揺れるたびに、誘われているような気になってしまう。ぴったりとよりそう彼女の感触を楽しみながら、背中からふっくらしたヒップの丸みへと手を滑らせていった。ヒップを手のひらで包みこむとジェーンはなにかつぶやいて、顔にかかった髪をかきあげながらからだを動かした。何度かまつげをしばたたかせたが、すぐに目を閉じてしまう。

　グラントは微笑(ほほえ)みながら、そのようすを楽しんでいた。ジェーンはすぐには目をさまさない。半分眠ったままなにかぶつぶつ言って、眉をひそめてふくれっつらをする。彼にからだをあずけていればもう起きなくてもすむとでもいうように、からだを押しつけてくるのだった。それからおもむろに目を開き、何度かまばたきをすると、岩をも溶かすようなりついたようになる。そして頭をあげ、ぽかんとした表情でグラントを見つめて言った。

「あなたの上に乗ってしまったわ」

「二度目だ」

「二度目ですって？」

「前の晩にもぼくの上で寝ていたぞ。ふれているだけじゃもの足りないようだな。ぼくを押さえつけておかないと眠れないんじゃないか？」

ジェーンはグラントのからだから滑りおりてテントの中に座り、ねじれてしわのよった衣服を直した。顔が真っ赤になっている。「ごめんなさい。寝にくかったでしょうね」

「あやまることはないさ。いい気分だったよ。もちろん、どうしてもあやまりたいって言うんなら、今夜は上下反対になってくれてもいいんだけど」

ジェーンは息をのんで、朝のかすかな光に包まれたグラントを見つめた。そう、わたしもそれを求めている。あなたのものになりたい。あなたのからだのすべてが知りたいし、わたしのからだのすべてを知ってほしい。彼女はそう言いたかったが、どう言葉にしていいかわからなかった。グラントがゆがんだ笑みを浮かべている。やがて彼は上体を起こし、ブーツに足をつっこむと靴ひもを結んだ。彼女の沈黙を拒絶の意味にとったことは明らかだった。ふたたびその話題を口にすることもなく、彼はテントを片づけにかかった。

「あと一回分の食料はある」食事が終わるとグラントは言った。「そのあとは狩りをしなければならないだろうな」

　それは困るわ。グラントが狩りに行ってしまったら、かなり長い時間ひとりきりになる。

「わたしは野草だけでも平気よ」期待をこめてジェーンが言う。

「そこまでする必要はないかもしれないけどね。少しずつ山地からはなれているから、ぼくが推測を誤っていなければ、もうジャングルのはしのほうに来ているはずだ。きょう中にも開けた土地が見えるだろう。だが、安全が確認できるまでは人と会わないようにするからな。いいか？」

　ジェーンはうなずいた。

　彼の予測は的中した。ふたりは昼前にジャングルのはしにたどりついたのだ。そこは高く切りたった崖で、足もとには渓谷が広がっている。耕作されている畑と小さな道路網が見え、南のはしのほうにこぢんまりとした町があった。まばゆい日の光がいきなり目に飛びこんできたので、ジェーンはまばたきをくりかえした。そうよ、背後に広大な原生林が広がっているとはいえ、コスタリカは中央アメリカでは最先進国だったんだわ。

「ああ。またベッドに寝られると思うとたまらなくうれしいわ」

　グラントは生返事をして、少しでもかわったようすはないかと渓谷に視線を走らせている。ジェーンは彼の横に立ち、彼が決定をくだすのを待っていた。

するとグラントは急に彼女の腕をつかんで、ジャングルの中に引っぱりこんだ。大きな木の茂みのうしろに隠れたちょうどそのとき、頭上でヘリコプターの音が鳴り響いた。ジャングルのはしに沿って低空飛行している。一瞬その姿が見えたかと思うと、木に隠れて見えなくなってしまった。武装ヘリコプターらしく、迷彩色の塗装がほどこしてある。

「なにかマークがついていなかった？」強い調子でジェーンが聞く。

「いや、なにもついていなかった」無精ひげののびたあごを撫でながら彼が答えた。「どのこのへりかはわからないが、運を天にまかせるわけにはいかないから、谷を横切っていくことはできないな。もっとくだっていって、隠れて進める場所を探そう」

地形が複雑になって、ますます歩くのが困難になる。火山地帯のはしにあたる場所で、土がざっくりと削りとられたりしているからだった。垂直に登るかおりるかしかない。ごつごつした絶壁を岩づたいにおり、急斜面をよじ登っていく。いやになるくらいのろのろとしか進めなかった。食事をとるために休憩したときには、まだ谷の四分の一しか進んでいないというのに、ジェーンの脚は最初の日にジャングルの中を駆けぬけたときと同じくらい痛んだ。

ちょうど食事を終えたとき、雷鳴がとどろくのが聞こえた。グラントが周囲を見渡して避難所を捜す。「そこの上に洞穴がありそうだ。ほんとうに洞穴だったらしめたものだ。

いままでのと比べたら、ずいぶんぜいたくな宿泊施設だぞ」

「空室だったらね」

「そうだな。ぼくが確かめてくるから、ここで待っていてくれ」グラントは低木やつるを足がかりに使って、しだにおおわれた谷の斜面を登っていった。その谷は狭い急斜面になっていて、ふたりを四方からとり囲んでいる。まっすぐ上をむくと筋のように細長く空が見える。ついさっきまで澄んだブルーだった空にも、すっかり黒い雲が広がっていた。

彼は洞穴にたどりつくと、すぐにふりかえって手をふった。

「おいで。中はからっぽだ。登ってこられるかい？」

「いままでわたしが登れなかったことがある？」ジェーンはなんとかそう答えたが、声にユーモアを含ませるのはむずかしかった。あの大渓谷を見てから急に寂しさがつのっていたからだ。文明社会のすぐそばまで来たということは、ふたりでいられる時間がもう残り少ないということだ。あと何日もたたないうちに、ふたりの時間に終わりが来るだろう。すでにずいぶん多くの時間をむだにしてしまったような気がする。愛を育てるだけの時間もないままいずれは彼と別れなければならないのだと思うと、どうしていいかわからなかった。

腕をのばしてジェーンの手をとると、彼はやすやすと引きあげた。「楽にしていろよ。しばらくのあいだここにいられる。すごい嵐になりそうだ」

ジェーンは洞穴の中を見まわした。ほんとうの洞穴とは言えない。岩の表面の割れ目が大きくなったようなもので、奥行きは二メートル半ぐらいだ。天井が傾いているので、入口付近では三メートルほどの高さがあるが、奥のほうは一メートル半ぐらいしかない。床はごつごつしていて、入口のそばにふたり掛けソファーぐらいの大きさの岩があった。それでも、中は乾いているし、奥行きが深くないため暗くはなかったので、ジェーンは文句をつける気にはならなかった。

気味が悪いほどのタイミングのよさには慣れてきていたので、彼が洞穴の奥に防水シートを広げたとたんに大粒の雨が木々の葉をたたく音が聞こえだしても、ジェーンは驚かなかった。入口のそばの大きな岩を雨よけにして、その陰にシートを敷く。彼女はシートの上に座って膝を抱え、あごを膝にのせて、だんだんと激しくなる雨の音を聞いていた。

すぐに雨足が速くなり、どしゃぶりの雨に視界をさえぎられてしまったので、まるで滝の裏側にいるような感じだった。稲妻がぴしっと音をたてるのが聞こえ、雷の衝撃で地面が揺れるのが感じられる。重なりあった木々のあいだを通ってくるわずかな光も雨がかき消してしまい、あたりはすっかり暗くなった。グラントが洞穴の入口のすぐ内側に立って、肩を洞穴の側面にもたせかけ、ときどき煙草の煙を吐きだす姿がかろうじて見える。

雨で空気が冷たくなったので、ジェーンは身ぶるいした。少しでも暖まろうとしていっそうきつく膝を抱え、灰色の雨のカーテンを背景にして浮かびあがるグラントの広くて力強い肩を見つめる。そのたくましいうしろ姿が見えるだけで、守られている気分になった。

彼は煙草を吸い終えると、あとが残らないように吸いがらをもみ散らした。ふたたび嵐を観察するような姿勢をとって、静かに立ちつくしている。

心の中になにかがこみあげてきて、ジェーンの胸が痛んだ。グラントはほんとうにひとりぼっちなんだわ。厳しく孤独な彼のすべてが、磁石のようにわたしの心とからだを惹きつける。

彼を見つめるジェーンの瞳がくもった。これが終わってしまえば、グラントはまるでなにごともなかったようにわたしのもとから去ってしまうだろう。彼をひとりじめしていられるのは、ほんの数日のあいだだけ。でも、それだけではとても足りそうにない。

そんなことを考えていたら、彼女のからだは芯まで冷えきってしまった。雨のカーテンが冷たい湿気を運んでくるうえに、自分自身の感情が内側から寒気を送ってくる。ジェーンは本能的にぬくもりを求めて、確かな温かさに吸いよせられるように、彼に近づいていった。そして筋肉質のウエストに腕をまわすと、不思議なほど熱い胸に顔をうずめる。彼はジェーンを見おろして、もの問いたげに眉をあげた。

「寒いの」彼女はつぶやいて頭をもたせかけ、もの思いに沈んだ表情で雨を見つめた。

肩に腕をまわして彼女を引きよせると、彼は自分の温かさを分けてやろうとした。ジェーンがまた身ぶるいしたので、その肌の冷たさを感じながらむきだしの腕をさすりはじめる。やがてその手はひとりでに上のほうに滑っていき、なめらかなあごを撫でると顔にかかった褐色の髪を払いのけた。どうやら彼女は感傷的になっているらしい。このまま雨がふりやまないのではないかという顔をしている。

そっとあごを手で包んで顔を上むかせると、彼は静かなジェーンの表情を眺めた。厳しい口もとをゆるめて少し微笑む。「どうかしたのかい？　雨で気持ちがふさぐのか？」そう聞くと、答も待たずに唇を重ねた。

ジェーンは手をグラントの肩にかけ、しがみついた。彼の唇はかたく、荒々しく、そして甘い。これこそ彼女が求めていたものだった。ジェーンは唇を開いて、ゆっくりと入りこもうとする彼の舌を迎え入れた。からだの奥で炎が燃えあがり、無意識のうちに身をくねらせる。彼女がさらに身をよせると、グラントはすぐにその動きの意味を読みとった。

少しだけ唇をはなし、彼はつぶやいた。「いいのかい、ハニー？」

うるんだ瞳でジェーンが見あげた。「ええ、もちろんよ」

ウエストに腕をまわして抱きかかえ、彼は彼女のからだを持ちあげた。ジェーンが彼の首に腕を巻きつけ、激しくキスをする。唇の感触に夢中になるあまり、シートの上におろされたのにも気づかなかった。洞穴の奥は薄暗くて表情は見えなかったが、彼が静かにブラウスのボタンをはずしながらこちらをじっと見つめているのが感じられる。口の中がからからになりながら、彼女もふるえる指でグラントのシャツのボタンをはずしはじめた。

ボタンがすっかりはずれると、グラントは一瞬もジェーンから目をそらさずに、自分のシャツをシートの上に脱ぎ捨てた。アンダーシャツを頭から脱いで、それもわきに投げだす。胸毛の濃い広い胸があらわになった。きのうと同じように、半裸の彼の姿がジェーンをうっとりさせる。胸が苦しくなり、息をするのもつらくなった。

彼のかたくて熱い指がブラウスの中に滑りこみ、手のひらですっぽりと乳房を包みこんだ。冷たい肌にふれるその手の熱さに快感を呼び起こされ、ジェーンはあえぎ声をもらした。目を閉じたままもたれかかり、彼のざらざらした手のひらに胸をすりよせる。グラントは身ぶるいしながら大きく息を吸いこんだ。

熱い興奮が彼のからだから波のように押しよせてくる。いままでに知りあったほかのどの男性とも違って、まさしく男そのものを感じさせる。ふたたびうつろな感覚に苦しめられて、ジェーンは無意識に太腿をぴったりと閉じた。

かすかな動きだったが、グラントはそれに気づいた。片方の手が腹部をつたいヒップから閉じた太腿へとおりていく。「そんなにかたくならないで、リラックスしてごらん」ジェーンは唇から低いうめき声をもらし身をあずけていった。ゆっくりと脚を開いて感じやすい部分に彼の手を受け入れる。彼の指先の熱い感触がズボンの布地を通して伝わってくる。膝から力がぬけてしまい、彼女はぐったりと倒れこんだ。裸の胸が胸毛におおわれた広い胸板に押しつけられる。

グラントは素早くジェーンをシートの上に寝かせると、膝をついて彼女のズボンのジッパーをおろした。荒々しい手つきでズボンを引きおろす。ブーツを脱がせるのに少し手間どったが、それでもあっという間に、肩にまつわりついているブラウスだけにしてしまった。湿った空気にからだをふるわせて、ジェーンは彼に手をさしだした。「寒いわ。温めて」

あまりにすなおに求められたので、グラントはすぐにも彼女におおいかぶさりたくなった。だが彼は、はやる心をなんとか抑えた。前に一度川の中で裸同然のジェーンを腕に抱いたときは、時間がなくて、彼女のからだのすみずみまでを探ることができなかった。今度こそ、その謎に満ちあふれたからだをあますところなく眺め、あらゆる部分にふれて違った肌の感触を楽しみたい。

彼が肌をよせようとしないので、ジェーンは瞳をくもらせた。

「待ってくれ、ハニー。まずきみをよく見たいんだ」グラントはそっと彼女の手首をつかんで頭の上に引きあげると、シートに押しつけた。豊かな丸い乳房がグラントの唇を求めるように弓なりになる。彼は片方の手で彼女の手首を押さえたまま、もう一方の手を、かすかにふるえている魅惑的なふくらみへと滑らせた。

ジェーンの喉から小さなあえぎ声がもれる。どうして彼はこんなふうに手を押さえつけているの？　ひどく頼りなくて、恥ずかしさが増すような感じがする。それでもなぜか言葉にできないくらいの安心感があった。胸の頂が愛撫に反応するようすを、グラントがじっと見つめているのがわかる。

やがて彼の唇が胸のふくらみを這いあがっていった。彼が乳首を口に含んだとたん、燃えるような快感の波が胸から全身へと広がっていく。ジェーンはすすり泣くような声をもらしそうになって、ぐっと唇をかみしめた。からだが炎のように燃えあがる。それはよろこびでもあり苦痛でもあった。ジェーンは身をくねらせ、両脚をぴったりと閉じて、自分のからだを支配しようとしている肌のうずきに耐えようとした。

グラントの唇がもう片方のふくらみへと移る。耐えがたいほどに高まっていた興奮がいっそう高まった。グラントが手を太腿へと滑らせる。彼女がゆっくりと緊張をゆるめると、彼はそっとその脚を開いた。そして手のひらを押しあて、彼女の柔らかな感じやすい部分をくまなく探りつづけた。

ジェーンが激しくふるえはじめる。「グラント」彼女は哀願するようなせつない声をあげた。

「あわてないで」温かい息を吹きかけながら、グラントがなだめるように言う。ジェーンとひとつになりたくて、いまにも爆発してしまいそうだったが、まだこうしてふれていたい気もした。彼女のすばらしさに酔いしれながら、自分自身も高みへとのぼりつめたい。彼はふたたび胸のふくらみに唇を這わせ、激しく愛撫を続けた。

彼の指が彼女の敏感な部分をさまよいはじめるとジェーンのからだに衝撃が走った。もはや自分を抑えられなくなりグラントの手にからだを押しつける。彼の唇が彼女の胸に火をつけた。ジェーンは激しい感覚のうねりに耐えきれなくなって無意識のうちに声をあげ、グラントの腕の中ではじけ散った。神経がばらばらになりそうだ。こんな快感を味わうことができるとは思ってもみなかった。

シートの上でぐったりと横たわる彼女に荒々しい視線を投げかけながら、グラントはズボンのジッパーをおろし乱暴に脱ぎ捨てた。ジェーンがゆっくりと目を開き、ぼんやりと彼を見あげる。グラントは彼女の脚をそっと押し開きジェーンの中にからだを沈めていった。

彼女はふたたびよろこびがからだ中に満ちあふれるのを感じ、唇をかみしめて叫びだしそうになるのをこらえた。

ジェーンの目から銀の筋となって流れでる涙を、グラントは親指で優しくぬぐってやった。それから腕で体重を支え、ゆっくりとしたリズムで動きはじめる。限界に近づいて背筋がぞくぞくしたが、もっと時間をかけて腕の中でジェーンを乱れさせたかった。

「だいじょうぶかい？」グラントは低い声でささやくと、涙の粒を唇で受けとめた。もしジェーンが苦痛に感じているのなら、これ以上続けないつもりだった。ここでやめてしまうのは身を切られるほどつらいことだろうが。

「ええ、だいじょうぶよ」ジェーンは息を吸いこんで、筋肉が波打っているグラントの背中を撫でた。彼のものになることのすばらしさを、いったいどんな言葉で表せばいいのかわからない。自分がこんなふうに感じられるものだとは夢にも思わなかった。やっと自分が完全な女性になったような気がする。グラントのゆったりとした動きを感じているうちにからだが熱くなってきて、彼女はわれ知らず彼の背中にしがみついていた。

グラントは彼女の喉もとの小さなくぼみに荒々しく唇を押しあてると、軽く歯でかんだ。ジェーンがすすり泣くような声をあげる。それを聞いて彼はもう自分を抑えておくことができなくなった。もっと深く、もっと強く、彼女のすべてを自分のものにしたい。ジェーンが小さく叫び声をあげたので、彼はますますわれを忘れた。もはや時間の感覚もなくなっている。危険であることもかえりみず、ただジェーンの感触だけに身をまかせた。彼女の腕の中にいれば、暗く冷たい影に魂をおびやかされるようなこともない――。

すべてが終わると、ふたりは激しい嵐が去ったあとのように力つきて静かに横たわった。安らかな静けさをこわしてしまうことを恐れて、どちらも口を開くことをためらっていた。グラントのがっしりした肩がのしかかり息をするのも苦しかったが、ジェーンは死ぬまでここでこうして横たわっていてもいいと思っていた。汗に濡れたグラントの金色の髪をゆっくりと撫でる。ふたりともお互いのからだからはなれがたく感じていた。彼は肌を合わせたまままいっそう近くによりそって、軽くうとうとしはじめた。

ここまで来るのは早すぎたのかもしれない。だがジェーンは少しも後悔してはいなかった。彼に自分を与えたことがとてもうれしい。いままでは恋に落ちたこともなかったし、男と女の肉体の神秘を探ろうと思ったこともなかった。自分はそういうタイプの人間ではないと思いこみ、ひとりの生活を楽しもうとしていたのだ。だが、いまはそうではない。

自分の中に隠されていた宝を見つけたような気分だ。

誘拐事件のあと、ジェーンは他人とはかかわりを持たないように生きてきた。信頼できたのは、両親とクリスと、二、三人の友だちだけ。けれど、そのクリスと結婚しても完全には心を開くことができず、本質的にはひとりのままだった。ほんとうの夫と言えるほど近い存在としてクリスを受け入れることができなかったからだ。もちろんふたりは愛を交わしあうこともあったが、ジェーンがあまりよろこびを示さないので、結局クリスは彼女をわずらわせるのをやめてしまった。実際彼女にとってはわずらわしいだけだった。クリスはいちばんの友人ではあったが、恋人にはなりえなかったのだ。離婚したあと、クリスはすなおでかわいらしい女性と結婚して幸せに暮らしている。

ジェーンは自分に対しても正直だったから、結婚が失敗したのをクリスのせいだと思うことはできなかった。自分に女性としての資質が欠けているからだとばかり思っていたのだ。だがいま、自分も恋する女性特有の温かい情熱的な一面を持っているのがわかった――はじめてほんとうの恋をしたから。

二十九歳になったいま、感じてもいない恥ずかしさをとりつくろう必要はなかった。腕の中にいるこの人を愛している。彼と一緒にいられる時間を精いっぱい楽しみたい。一生一緒にいられればいちばんいいけれど、もし別れる運命にあるのなら、残された時間を一分でもむだにはしたくない。

こんなふうに抱きあって愛するということは、グラントにとってはまた違った意味を持っているのかもしれない。この人はわたしよりもずっと過酷な人生を送ってきたらしい。それが彼の瞳から笑みを奪い、彼を非情な人間にかえてしまったのだ。でもたとえ彼が肉体的な満足のためだけに自分を抱いたのだとしても、彼女はかまわなかった。この人が必要としているものならなんでもあげたい。それくらい彼を愛している。ほかのなにものにもかえられないぐらい、わたしはグラントを愛している。

そのとき彼がからだをずらし、腕で体重を支えるようにしてジェーンを見おろした。金色の目にかげりが走る。だが、その目を見ていると、彼女の心臓の鼓動が速くなった。そこには、愛する女性にむけられるいとおしげな感情が映っていたからだ。「重かっただろう」

「ええ、でも気にならないわ」ジェーンはグラントの首にきつく腕を巻きつけてからだを引きよせようとした。だが、彼はぴくりとも動かない。

素早くキスをすると彼が言った。「雨がやんだようだ。もう行かなくては」

「今夜ずっとここにいるわけにはいかないの？」

グラントは返事をしなかった。そっとからだをはなして上体を起こし、服に手をのばす。それが返事だった。ジェーンはため息をついて、自分の服に手をのばした。地面の上で愛しあったせいでからだのあちこちが痛む。彼女は少し顔をしかめた。

こちらを見ていなかったはずなのに、さすがに彼は鋭い。頭をぐいとこちらにむけて、かすかに眉をひそめた。「きみを傷つけてしまったのか？」ぶっきらぼうに聞く。

「いいえ、だいじょうぶ」ジェーンがそう言ってもグラントは安心できないらしく、谷の底へと急斜面をおりるあいだも、彼女のそばをはなれなかった。最後の五メートルは、ジェーンが抵抗したのにもかまわず肩にかついでおりた。

抵抗するだけ時間のむだだった。完全に無視されてしまったのだから。グラントが静かに彼女をおろして歩きはじめると、ただそのあとをついていくしかなかった。

午後には二回ヘリコプターの音が聞こえ、そのたびにグラントはジェーンを密生した茂みの中に引っぱりこんだ。音が遠ざかって完全に聞こえなくなるまで待つ。彼はこれが単なる偶然だとは思っていないようだった。ふたりは追跡されている。つかまらないようにするには、生い茂ったジャングルの中に隠れているしかない。ジャングルから出ることを考えただけでジェーンは身ぶるいした。自分のことだけでなく、グラントの身が心配だった。彼はわたしと一緒にいるというだけで命を危険にさらしている。トゥレゴは、わたしのことは生きたままとらえようとしているけれど、彼にはなんの用もないのだ。

グラントは大きな倒木をまたぐと、うしろをむいてジェーンのウエストに腕をまわし、いつものように軽々と持ちあげた。びっくりするほど優しいしぐさで髪を顔から払いのけてくれる。ジェーンはその手がどれだけ危険な武器にもなれるかを知っていた。「きみがあんまり静かにしていると、なにかたくらんでいるんじゃないかと思って落ちつかないよ」グラントがつぶやく。

「ただ考えごとをしてただけよ」

「それが困るんだ」

「もしトゥレゴにつかまったら――」

「つかまらないさ」グラントはきっぱりと言って、ジェーンを見た。トゥレゴの手に渡すくらいならいっそ彼女を殺してしまったほうがいいとサビンは言っていたし、そのときは自分もそう考えていた。だがそれはジェーンを知る前のこと、彼女の絹のような肌ざわりを味わう前のことだった。いまやすっかり事情がかわってしまった。そう、ぼくはかわった。ジェーンの存在は自分にとってかけがえのないものとなっている。そのかわりようには自分自身驚いていたが、事実を受け入れないわけにはいかなかった。それでも、いまのところはジェーンが自分のものだと思っていられるが、安全な場所に連れだしてしまえば、それで終わりだ。自分の人生には、しっかり根をはった永遠の関係などありえない。ふたたび日の光のもとで暮らせるようになるかどうかさえわからないのだ。ぼくは影の中に長くとどまりすぎた。この心に住みついた暗い影はおいそれとは消えてくれない――。

もし最初の計画どおりにことが運んでいれば、いまごろジェーンは無事に家についていただろうし、ぼくが彼女をほんとうに知ることもなかっただろう。彼女を父親に渡して、それっきりだ。しかし実際にはそうならず、ふたりきりで何日も過ごすことになってしまった。並んで眠り、一緒に食事をし、危険とユーモアを分かちあい、そして一緒に笑った。他人とともに危険をかいくぐってきたことは何度もあったが、笑えるようなことはめったになかった。ジェーンはぼくを笑わせ、そうすることによって、ぼくをとりこにしてしまった。

すねたわがまま娘だと思っていたのに、どうしてあんなに快活で気だてがいいんだ？　このぼくがあれほど魅せられてしまうなんて！　彼は、生まれてはじめて、激しい嫉妬心がふくれあがるのを感じた。いつかは彼女のもとを去らなければならないだろうが、それまでは自分だけのものにしておきたい。もう一度彼女と愛しあいたい。

ぼくはすでに多くのものを失ってきた。若さも、笑いも、他人への信頼も、そして自分の人間らしささえ。これ以上なにも失うわけにはいかないのだ。畑の温かい泥の中を裸足で歩きまわったジョージアの少年の心を、少しでもとり戻さなくては。ベトナム戦争以来ずっと情報工作活動にたずさわっているうちに、人間としての自分がすっかり失われてしまっていた。

だが、ジェーンはその風がわりな愛情で、長年感じることのなかった温かい感情をぼくの心に呼びさましてくれた。

グラントは手をのばして襟もとをつかみ、ジェーンを引きとめた。彼女が驚いて、もの問いたげに彼を見あげる。少し微笑もうとしたが、彼の荒々しい表情を見て真顔に戻った。

「グラント？　どうしたの？」

彼は無意識にジェーンを引きよせ、洞穴で愛しあったなごりでまだ少しはれている唇に唇を重ねた。そのままゆっくりと舌を動かしながら、時間をかけてキスをする。彼女は小さなよろこびの声をもらしながら、グラントの首に腕を巻きつけた。もっとしっかり唇がふれあうようにつま先立ちになる。

ジェーンはいままで感じたことのない満足感にひたっていた。わたしは彼のものなんだわ――。

彼女の身の安全は、どれだけ早く彼女を国外に連れだせるかにかかっている。グラントはトゥレゴが近くに迫っているのを感じていた。あの男は、マイクロフィルムを見つけるまでは、けっして途中であきらめたりしないはずだ。でも、ジェーンには指一本だってふれさせやしない。グラントは心の中でそう誓った。

唇をはなすと、彼は厳しい口調で言った。「きみはもうぼくのものだ。ぼくが守る」

ジェーンはグラントの胸に頭をもたせかけてささやいた。「わかっているわ」

8

その夜から、ジェーンの暗闇に対する考えかたがすっかりかわった。暗闇にひとりでいるときの恐怖はずっと残るかもしれないが、グラントが手をさしのべてくれさえすればなにもこわくない。むしろそれは、外の世界からふたりを切りはなし、優しく包みこんでくれる温かい毛布のように感じられた。

グラントは、ジェーンのからだに火がついて自分を求めてしがみついてくるようになるまで、キスをくりかえした。それから彼女の服を脱がせ、自分も服を脱ぐとあおむけになってジェーンをからだの上にのせる。「今朝はきみを傷つけてしまった。今度はきみがコントロールしてくれ」低いしゃがれ声で言う。

だがジェーンは、グラントと愛しあうという至上のよろこびをコントロールすることなどできなくて、すぐに激しく動きはじめた。その遠慮のないよろこびの表現にグラントもとうとうこらえきれなくなり、喉の奥でうめくような声をあげた。ジェーンをしっかり抱きしめ、からだをくるりとまわして自分が上になる。ふたりは高く舞いあがるようなよろこびを与えあった。

ジェーンの心には幸せが満ちあふれ、彼のことしか考えられなくなった。暗闇が消えていく。グラントの情熱が、わたしを暗闇から連れだしてくれる。彼の腕の中で眠りに落ちるときも、まわりをとり囲む暗闇のことを気にかけることはなかった。

翌朝、ジェーンはいつものようにゆっくりと目をさました。小声でひとり言をつぶやきながら、がっしりした温かいからだに身をすりよせる。彼の手が背中から滑りおりてきてヒップを包むと、ようやく彼女は目をさました。それからグラントがからだをずらし、ジェーンをあおむけにする。彼女はまばたきをしたが、まだ暗かったのでふたたび目を閉じ、グラントの首筋に顔を押しつけた。

「もうそろそろ夜が明ける」グラントは彼女の髪にささやきかけたが、そのからだから手をはなすことができなかった。あらわになった絹のような肌に手を這(は)わせていく。

ジェーンが小さくあえぐような声をあげた。グラントは彼女を起こしてやると、テントの入口のチャックを開け、かすかな朝の光を中に入れた。

「目がさめたかい?」

「いいえ」そう言うとグラントにもたれかかり、あくびをする。

「もう行かないと」

「わかってるわ」ジェーンはひとりでなにかつぶやきながら、ブラウスとおぼしきものをとりあげた。広げてみると大きすぎたので、がっかりしたようすでそれをグラントに手渡す。「あなたのシャツみたいよ。わたしには大きすぎるわ」あたりを引っかきまわし、いままで寝ていた毛布の下からようやく自分のブラウスを引っぱりだした。「トラックかなにか盗めないの？」また一日中歩くなんて考えたくもない。

彼は笑いこそしなかったが、唇のはしがぴくっと動いた。「法律違反じゃないか」

「まじめに考えて！　いろいろ特別な訓練を受けてきたんでしょ？　点火装置をショートさせてエンジンをかけることぐらいできるはずよ」

グラントはため息をついた。「それくらいのことはできるが、車を盗んだりしたらトゥレゴにこちらの居場所を教えるようなものだ」

「リモンまであとどのくらいあるの？　いくらトゥレゴでも、その途中にある村すべてに手をまわすことはできないはずよ」

「危険すぎるよ、ハニー。東海岸の湿地帯まで行って、海岸に沿って進むのがいちばん安全だ。湿地の中なら通った跡が残らない」少し間を置いて彼は続けた。「ぼくは食料を調達するために村に入らなければならないが、きみは森の中で隠れているんだ」

たちまち彼女がたじろぐ。「そんなのいやよ」

「きみが顔を見せるのは危険すぎるってことがわからないのか?」

「あなたのほうこそどうなの? 少なくともわたしはほかのみんなと同じように髪も目も黒っぽいわ。それに、あの兵士があなたを見ているのよ。ヘリコプターの操縦士もあなたのことをすっかりしゃべったんでしょうから、わたしたちが一緒にいることはわかっているはずよ。たてがみみたいなあなたの長い金髪は絶対目につくわ」

「それはしかたがない」

ジェーンは頑固そうに腕をくんだ。「わたしを置いてひとりでどこかに行くなんて許さない」

一瞬、沈黙が流れた。驚くほど簡単に彼を言い負かしたとジェーンが思いはじめたとき、グラントが口を開いた。平静でむしろ穏やかなその声の調子に、ジェーンはぞっとした。こんなに無情な響きは聞いたことがない。「言うとおりにしてくれ。さもないと動けないようにしてテントに置いていくぞ」

「わかったわ。言うことを聞くって約束する」

昼近くなり、熱さと湿気が耐えられないほどひどくなった。グラントが立ちどまって周囲を見渡す。シャツの袖(そで)で汗をぬぐいながら彼が言った。「どうやら村の近くまで来たようだ。ここにいてくれ。一時間かそこらで戻ってくるから」

「〝そこら〟ってどれくらいなのかしら？」礼儀正しく言ったつもりだったが、歯がみする音が聞こえてしまった。

グラントがにやりとする。「ぼくが戻るまでだ」彼はホルスターからピストルを出して、ジェーンにさしだした。「これの使いかたはわかるだろ？」

厳しい表情でジェーンがピストルを受けとった。

「ええ。誘拐事件のあと、自分で身を守れるようにしなきゃだめだってパパに言われてね。護身術だけじゃなくて、武器の扱いかたも習ったわ」彼女のスリムな手が、慎重だが慣れたようすでピストルを扱う。「こういうのははじめて。なんて言うの？」

「口径十ミリのブレン銃だ。もしものときには使えそうか？」

「わからないわ」ジェーンの口もとに笑みが浮かぶ。「そういう事態にならないことを祈りましょう」

グラントはジェーンの髪にふれ、そのもしもの事態にならないようにと願った。彼女の微笑みをわずかでもくもらせたくない。彼は荒っぽく、しかし入念にキスをすると、ひと言も口をきかず、いつものように音もなく森の中に消えていった。ジェーンはしばらく手にしたピストルを見つめてから、倒木に近よっていき、なにもないのを確かめてからその上に座った。

緊張を解くことができず、彼女はどんなものにも神経をとぎすましていた。グラントがそばにいることに慣れてしまっていたので、彼がいないと急に無防備になった感じがする。いままで感じたことがないほど孤独だった。

だんだんと恐怖が頭をもたげてきたが、それは自分のことではなく、グラントの身を案じてのものだった。わたしは危険な目にあってもしかたないけれど、彼はわたしのために巻きこまれたのだ。もし彼の身になにかあったら、いったいどうしよう。あの人が小さな村に入っていって、人の注意を引かないはずがない。あの長身、くしゃくしゃの金髪、そしてワイルドな金色の目。すべてが目だってしまう。トゥレゴはなにがなんでもわたしの居場所を捜しだそうとしているはずだ。わたしと一緒にいるのを見られた以上、彼の命もわたしと同じように危険にさらされているのだ。

いまごろはもうトゥレゴも、わたしがマイクロフィルムを持っていることをつきとめたにちがいない。わたしにまんまと裏をかかれたことに怒りでおかしくなり、なんとか政府の要職にある自分の首をつなぎとめようと必死になっていることだろう。

敵対するグループや政府の手に絶対に渡らないようにするために、マイクロフィルムを破壊してしまおうかとも考えた。しかし、フィルムになにが入っているか知らないし、このうえもなく重要なものだということ以外、なにもわからない。母国が必要としているかもしれない情報を破壊するわけにはいかなかった。それだけではない。ひょっとすると、交渉のための道具として自分がフィルムを必要とすることがあるかもしれないと思ったのだ。

彼女はジョージ・パーサルから慎重で臨機応変な戦術を教えこまれていた。せっぱつまればどんな手段でも使うつもりだった。しかしできることならそんな最悪の状況にはならないですむようにと願った。グラントが国外に連れだしてくれればなにも問題はない。無事アメリカにたどりついたら、しかるべき人々にフィルムを引き渡すつもりだ。予想しうる最悪の事態は、グラントの身になにか起こるということだった。だがジェーンは全身でそんな考えを拒否した。

グラントはすでにひどく傷ついている。筋金入りの兵士だが、からだに刻まれた傷だけでなく、心の中にも見えない傷を負っていた。引退して影の世界をはなれようとしたらしいが、瞳に映る荒々しい色を見れば、彼の一部分はまだ日の光を通さない影の中に住んでいることがわかる。

守ってあげたいという気持ちがこみあげてきた。幼いころからいろいろな目にあい恐怖を乗り越えてきたせいで、わたしは強い人間になっている。恐怖に翼を刈りとられることなく、もっと高く舞いあがって自由を楽しむことを覚えた。しかし、グラントのいない世界で生きてゆけるほど強くない。もしだれかが彼を傷つけたりしたら――。

汗がこめかみから流れ、胸の谷間をしたたり落ちる。ジェーンは顔の汗をぬぐうと、髪を持ちあげて頭のてっぺんにまとめた。じめじめした空気が湿った温かい毛布のように肌にまつわりつき、息をするのも苦しい。じきに雨がふるだろう。いつもならもうすぐ嵐（あらし）がやってくる時間だ。

一時間を過ぎたころ、ジェーンはいよいよ不安になってきた。特にかわったものは見えず、かわった音もしなかったが、背筋がぞくぞくする感じは強まるばかりだ。しばらくはそのまま静かに座っていたが、ついに本能の叫びに屈服した。危険が迫っている、すぐそこに。かさりとも音をたてないように注意しながら、彼女はそろそろと倒木の根の陰にもぐりこんだ。手にしたピストルがずっしりと重い。グラントがこれを置いていったのには理由があったのだ。

なにかがちらっと動いてジェーンの注意をとらえた。目だけ動かしてそちらのほうを見る。長い数秒間が過ぎたのち、ふたたび褐色の肌と緑色の帽子が目に入った。男がゆっくりと慎重に、ほとんど音をたてずに動いていく。ライフルを手にたずさえて、村があるほうへむかっていた。

ジェーンは心臓が喉から飛びだすような思いがした。グラントがこのゲリラに出くわしたらどうなるのだろう。ふつうならばグラントが勝つに決まっているが、背後から不意を襲われたら、行動を起こすより先に撃たれてしまうかもしれない。

ヘリコプターのプロペラ音が響いてきた。その音はまだ遠かったが、捜索が強化されていることがわかる。ヘリコプターの音を聞いてグラントが警戒態勢をとってくれるようにと願いながら、ジェーンは音が消えるのを待った。あれだけ用心深いのだから、当然グラントも警戒しているはずだ。そう思うと、むしろヘリコプターの存在に感謝したくなった。とにかく、グラントがゲリラとはちあわせする前に、そしてゲリラがわたしを見つける前に、彼を見つけなければならない。わたしを捜しているのはこの男だけではないはずだ。

ジェーンはグラントと一緒にいるあいだに、彼の静かな歩きかたや、直感でいちばん安全な隠れ場所を選びだすこつなど、多くのことを学んでいた。音をたてずにジャングルの中に滑りこみ、低い姿勢のままゆっくりと進むことも、いつも追跡者のうしろか横についていくことも。恐怖で胸がしめつけられたが、ほかに道はない。

とげのあるつるが髪にからまって引っぱられ、反射的に叫び声をあげそうになった。それをこらえようとして唇をかみしめると、涙が出てくる。彼女はふるえながら髪の毛をほどいた。ああ、神さま。グラントはどこ？　もうつかまってしまったのかしら。

膝がひどくふるえはじめ、もう身をかがめたままでは歩けなくなった。そこでグラントに教わったように、よつん這いになって進みはじめる。生い茂った低木の陰になるようにして男から身を隠し、ジェーンはぎこちない手つきでピストルを握りしめた。

遠くで雷が鳴って、毎日お決まりの雨が近づいていることを告げた。雨を恐れると同時に、ふってくれることを祈った。そうすればすべての音がかき消され、視界は一メートルぐらいしかなくなる。逃げられる可能性も高まるだろう。しかし、グラントが自分を見つけるのもほとんど不可能になる。

背後でなにかが折れる音がしたので、ジェーンはとっさにふりむいた。だが、遅かった。ピストルをかまえることもできないうちに、男が襲いかかってくる。男は彼女の手からピストルをたたき落とし、腕をねじりあげ、顔を地面に押しつけた。

背中に膝を押しつけられてほとんど息ができない。ジャングルの地面に散乱している腐った植物が口の中に入ってくる。ジェーンは頭を片方にねじまげ、泥を吐きだした。腕をふりほどこうとしたが、男が腕をさらに高くねじあげたので、たまらず苦痛の叫び声をもらした。

だれかが遠くで怒鳴る声がして男がそれに答えたが、ジェーンは耳鳴りがして彼らがなにを言っているのかわからなかった。男が乱暴にからだ中をたたいて身体検査をはじめる。彼女の顔は怒りで真っ赤になった。ほかに武器を持っていないとわかると、男は腕をはなしてジェーンを引っくりかえし、あおむけにさせた。

立ちあがろうとすると、男がライフルのきらめく長い銃身を鼻先につきつけてきた。ジェーンはそれを一瞥(いちべつ)してから、男をにらみつける。なんとか不意をつくことができるかもしれない。「あなたはだれなの?」侮辱されて腹をたてている女性の口調をまねて言い、虫をふり払うように銃身を払いのけた。男の黒い目に一瞬驚きの表情が浮かび、それから警戒するような色が浮かんだ。ジェーンは急いで立ちあがり、目を細めて怒った顔をしてみせた。知っているかぎりのスペイン語で、よく意味がわからないののしりの言葉をまくしたてる。男はもっと驚いたような顔になった。

ジェーンが何度も指で胸をつついて男につめよったので、彼は二、三歩あとずさりした。そのとき、もうひとりの兵士がやってきたので、男はわれにかえった。

「黙れ！」男が怒鳴る。

「黙らないわ！」ジェーンは怒鳴りかえしたが、もうひとりの兵士に腕をつかまれ、手首を縛りあげられてしまった。怒りにまかせて足を後方に蹴りあげると、ブーツがむこうずねにあたった。兵士が苦しげな声をあげる。彼女を自分のほうにむけてこぶしをふりあげたが、最後の瞬間に思いとどまった。おそらくトゥレゴが彼女を傷つけないようにと命令していたのだろう。少なくとも情報を手に入れるまでは。

もつれた髪の毛を目もとからふり払うと、彼女は兵士たちをにらみつけた。

「わたしをどうするつもりなの？　あなたたちはだれ？」

ふたりはその言葉を無視してジェーンをこづき、前を歩かせようとした。だが、うしろ手に縛られていた彼女は体勢を崩し、からみあったつるに足をとられて前に倒れてしまった。兵士のひとりが彼女をつかまえようとしてとっさに手をのばす。ジェーンは偶然を装いながら片方の脚をつきだして彼の脚に引っかけ、茂みの中につっこませてやった。

すると、どこからともなくグラントが現れ、彼らの前に立ちはだかった。ひとり目の兵士の顔と首に素早く三発のパンチをくらわせると、その男はこわれた人形のように崩れ落ちた。ジェーンに脚を引っかけられた兵士はなにやらわめいてライフルをかまえようとしたが、さっと飛びだしたグラントにあごを殴りつけられ、どすっという音とともに地面に倒れこみぐったりとなった。

グラントは息を切らしているふうもなく、こわばった冷たい怒りの表情を顔に浮かべてジェーンを立たせた。荒っぽい動作で自分のほうをむかせると、ナイフでやすやすと手首のロープを切ってくれる。「どうしてあの場所にじっとしていなかった？　もしきみが叫んでいるのが聞こえなかったら――」

そんなことは考えたくもない。「じっとしてたわ。でもあのふたりがこっちに近づいてきたのよ。だから、あなたがふたりとはちあわせする前に、あなたに知らせようとしたの！」

彼はいらだたしげにジェーンを見た。「それはよけいなお世話だ」そう言うと彼女の手首をつかんで歩きはじめる。ジェーンは自分の立場を弁護しようとしたが、思いなおしてため息をついた。いとも簡単にあの兵士たちを倒すところを見せられたあとでは、返す言葉もない。そのかわり彼女は、木の枝やとげのあるつるをよけることに専念した。

「どこに行くの？」

「黙ってろ」

そのとき突然、なにかがはじけるような大きな音がした。グラントがジェーンを地面に倒し、その上におおいかぶさる。最初ジェーンは、雷の音にグラントが驚いたのだと思った。それから音の正体に気づいて、心臓が飛びだしそうになる。銃でねらわれている！　近くにいたのはあのふたりの兵士だけではなかったんだわ。ジェーンは目を見開いた。彼らはグラントをねらっている！　わたしのことは生けどりにしろと命令されているはずだ。彼女はパニックに襲われて、彼にしがみついた。

「グラント！　だいじょうぶ？」

「ああ」うめくように答えると、彼は右手でジェーンを抱え、大きなマホガニーの木の陰まで這っていった。「ピストルはどうした？」

「あそこで――たたき落とされたわ」ジェーンはピストルをなくした場所を指で示した。

グラントはあたりを見まわして身を隠せる場所を捜したが、危険が大きすぎると判断してピストルをあきらめた。

「ごめんなさい」罪の意識にかられてジェーンは言った。

「気にするな」グラントはライフルを肩からおろし、巧みな手さばきで武器をかまえた。

ジェーンは地面にへばりついて、彼が木の幹のむこうを見やるのを見ていた。琥珀色の目がきらりと光るのを見ると、少しこわいような気がする。

もう一発の弾丸が木々のあいだをつきぬけて、グラントの顔からほんの数センチのところを飛んでいった。破片がほお骨をかすめ、そこから血が流れだす。彼は手で血をぬぐった。

「姿勢を低くしていろ」グラントが厳しい口調で言った。「腹這いになって、うしろの茂みを通りぬけるんだ。なにがあってもとまるな。ここから遠ざからなければならない」

ジェーンはグラントのほおに流れる血を見て真っ青になったが、なにも言わなかった。手足のふるえを抑えながら、言われたとおりに腹這いになり茂みの中へ這っていく。すぐうしろから彼がついてきて、彼女の脚に手をあてて方向を指示する。グラントは弾丸が飛んでくる方向に身を置いて自分をかばってくれているのだと気がつくと、ジェーンは胸がしめつけられる思いがした。

雷が鳴る。今度はすぐ近くだったらしく、衝撃で地面が揺れた。グラントが空を見あげてつぶやく。「雨よ、早くふってくれ」

数分後、雨がふりだした。最初は少しずつ、やがて予期していたとおりの大雨になった。ふたりはまるで滝の中にでもほうりこまれたようにびしょ濡れになる。グラントは先を急がせた。激しい雨が音をかき消してくれるので、もうどんなに音をたててもかまわない。

這ったままで百メートルほど進んでから、彼はジェーンをまっすぐに立たせ、耳もとに口を近づけた。「走れ！」大声で叫んだが、ひっきりなしに打ちつける雨の中ではかすかな響きにしかならなかった。

どうして走れたのか自分でもわからないが、とにかくジェーンは走った。脚がふるえ、めまいさえ覚えながら、グラントにものすごいスピードで引っぱられてなんとか脚を動かした。いったいどこへむかっているのか皆目見当がつかない。それでも彼女は彼の勘を信じて走りつづけた。

突然ふたりは開けた場所に出た。熱帯雨林のジャングルに文明をもたらそうとして、人間が切り開いたところだ。雨でぬかるみになった畑をふらふらと横切っていくあいだも、グラントがしっかり手首をつかんでいてくれる。ジェーンはなんとか歩きつづけたが、ついにがっくりと膝をついてしまった。彼はなにも言わずにジェーンを肩の上にかつぎあげると、いつものように軽々と、疲れの色も見せずに運んでいった。

ジェーンは目を閉じてしっかりつかまっていた。すでにめまいを感じていたが、腹部がかたい肩に揺さぶられて吐き気すらもよおしてくる。悪い夢を見ているようだ。灰色の水にはてしなく打たれ、雨のカーテンでなにも見えずなにも聞こえない。グラントの顔についた血を見ると、冷たい恐怖感がからだの底からこみあげてきた。もし彼の身になにかあったら、もう生きていけない――。

グラントはジェーンを肩からおろし、かたくて冷たいものにもたせかけた。それにふれてみると、金属のような感触がした。彼は古ぼけたトラックのドアをこじ開け、ジェーンを抱えて運転席に押しこんだ。続いて自分もしなやかに身をよじらせてハンドルの下に滑りこみ、ばたんとドアを閉める。

「ジェーン」グラントはジェーンの肩を揺さぶった。「だいじょうぶか？　どこか打ったのか？」

彼女はしゃくりあげていたが、涙は出ていなかった。ふるえる手をさしのべて、雨に濡れたグラントの赤い傷口にふれた。「あなたのほうがけがしてるわ」ささやき声は古いトラックの屋根をたたく雨の音に消されて聞こえなかったが、グラントは唇の動きを読んだ。そしてジェーンを抱きしめ、びしょ濡れの髪に唇を押しあてた。

「ほんのかすり傷さ、ハニー。きみはどうなんだ。平気なのか？」

ジェーンはなんとかうなずき、グラントにしがみついた。服が湿っているのに、信じられないほどの温かさが感じられる。彼はしばらく彼女を抱いていたが、やがて腕をほどいて助手席に座らせた。

「こいつを動くようにするから、そのあいだじっとしていてくれ。雨がやんで彼らが現れる前にここから逃げださなくては」

グラントは身をかがめて計器類の下に手をのばし、電線を何本か引っぱってゆるめた。

「なにをしてるの？」ジェーンがぼんやりと聞く。

「このおんぼろトラックの点火装置をショートさせてエンジンをかけるんだ」グラントはそう答えて、にやりとしてみせた。「よく見ててくれよ。きみがそうしろって言いはったんだからな。きみだっていつかトラックが盗みたくなるかもしれないしね」

「でも、これじゃまわりが見えなくて運転できないわ」

いつもの陽気な言いかたと違って、まだ力のぬけたようなしゃべりかただったので、グラントは眉をひそめた。自分でも確信が持てない。彼女を抱いて、すべてうまくいくよ、と言って励ましてやりたかったが、自分でも確信が持てない。事態はとんでもない方向に進んでいる。彼は、銃でねらわれたときのぞっとするような感覚を思いだした。いまはジェーンもねらわれている。憎悪に満ちた容赦のない表情がグラントの目に浮かんだ。

「ここからぬけだすことぐらいはできるさ」

グラントが二本の電線をふれあわせると、エンジンは咳きこむような音をたてたが、かからなかった。小声でぶつぶつ言いながらもう一度試してみる。今度はちゃんとかかった。ギアを入れてクラッチをゆるめる。うめきながら走る古いトラックの動きに合わせて、ふたりのからだも揺れた。フロントガラスをたたく雨があまりに激しくて、弱々しいワイパーはほとんど役にたたない。だが、どこに進んでいるのか、グラントにはわかっているようだった。

外を見渡すと、雨のむこうに驚くほどたくさんのビルが見える。これだけジャングルの近くにある村には不似合いなほどだ。

「どこに行くの？」

「南だ。リモンに行くんだ。そこまで行けなくても、このおんぼろトラックが動くかぎり進もう」

9

リモン。まるで天国のような響きだわ。古いトラックのぼろぼろになったシートにしがみついていると、天国と同じくらい遠くに感じられる。ジェーンは茶色の目を力なく見開いて、フロントガラスに流れる雨を通して前方の道路を見つめていた。グラントが彼女を見やる。運転に集中していないと危ないので、ちらりと見るのが精いっぱいだった。平静な調子を保つようにして言う。「ジェーン、できるだけすみのほうによるんだ。うしろの窓から頭が見えないようにね。わかったな?」

「ええ」ジェーンはそう答えて、すみのほうで小さくなった。トラックにはうしろに小さな窓がひとつと、横にもっと小さな窓があるだけだった。すみのほうは深いポケットになって、周囲からさえぎられている。腿の裏側にこわれたばねがくいこんだので、彼女は少し位置をかえた。助手席はほとんどカバーがなくなっていて、種々雑多な布きれがばねをおおっているだけだ。グラントのほうを見ると、ドアのそばの床板に大きな穴があいている。

「ずいぶんとめずらしいトラックね」ジェーンは少しだけ落ちつきをとり戻して言った。

「ああ。どこもかしこもこわれている」ぬかるみにハンドルをとられて道をそれてしまい、グラントは必死でトラックをまっすぐに戻そうとした。

「どこに進んでいるか、どうしてわかるの？」

「わからない。あてずっぽうさ」悪魔のような笑みが口もとに浮かんだ。全身を興奮が走りぬけているしるしだ。知恵と技術をぶつけて敵と戦うときに感じる陶酔感だった。もしジェーンの身に危険が及んでいるのでなければ、こんな追いかけっこを楽しんでさえいたかもしれない。グラントはもう一度ジェーンのほうをちらっと見た。だいぶ落ちついてきたようすなので少しほっとする。

「そのあてずっぽうがあたってることを願うわ」トラックがひどく横に傾いたので、ジェーンはあえぎながら言った。「車ごと崖から落ちるようなことになったら、絶対許さないから！」

グラントはまたにやりとした。それから落ちつかなげにからだを動かし、ハンドルの上に前かがみになって言う。「バックパックをおろしてくれないか？　邪魔なんだ。でも、頭をあげるなよ！」

ジェーンは這うようにしてグラントに近づき、ふたつのバックパックの金具をはずして彼の背中からおろした。荷物のことをすっかり忘れていたなんて！　ジェーンは少なからずショックを覚えながら、自分のウエストにバックパックを固定した。

　突然グラントが燃料計をこぶしでたたいた。「なんてことだ！」

「言わないで。ガソリンがなくなりそうなのね！」

「わからない。針がまったく動かないんだ。タンクは満杯なのかもしれないし、いまにもなくなってしまうのかもしれない」

　ジェーンは外を見た。雨はさっきほどひどくはなくなったが、まだ激しくふっている。後方の村は視界から消えてしまった。道路がでこぼこなのでトラックががたがた揺れ、しっかりしがみついていないとからだごとシートから投げだされそうになる。それでも一応道路なのだし、いまのところトラックもなんとか走ってくれている。もしこの瞬間にトラックがとまってしまったとしても、少し前の状況と比べたらまだましだ。少なくとも、もう銃でねらわれてはいない。運がよければ、トゥレゴはふたりがまだ徒歩で逃げていると思い、しばらくのあいだは近くを捜していてくれるだろう。追手からなるべくはなれるためには、一分一秒たりともむだにできない。

「食料はなにか手に入ったの？」

「ぼくのバックパックの中だ」

　バックパックを開くと、彼女はタオルで包んであるパンとチーズのかたまりを引っぱりだした。たったそれだけだったが、かぎられたメニューをとやかく言う気も起こらない。

食べられるだけでもありがたかった。いまなら携帯食料でもなんでもよろこんで食べるだろう。

ジェーンはからだを曲げてグラントのベルトからナイフをとり、素早くパンとチーズをスライスしはじめた。一分もたたないうちに、ぶ厚いチーズサンドがふたつできあがる。

彼女はナイフをさやに戻しながら言った。

「サンドイッチを持ったまま運転できる？ それともわたしが食べさせてあげましょうか？」

「いや、自分でできる」ハンドルと格闘しながら同時にサンドイッチを食べるのは苦しかったが、ジェーンに食べさせてもらうとしたら、うしろの窓に彼女の頭をさらすことになる。道路の後方にはまだなにも見えなかったが、彼女のためを思うと、運を天にまかせるようなことはできなかった。

「わたしが頭をあなたの膝の上にのせて食べさせてあげることもできるわよ」ジェーンはそっと言った。少し眠たげな穏やかな目をしている。

グラントはかすかに身動きをして、全身に緊張をみなぎらせた。「ハニー、きみにそんなことをされたら、ぼくはこのおんぼろトラックを木にぶつけてしまうぞ。そこでじっとしててくれ」

ふたりはむさぼるようにサンドイッチを食べた。彼女がグラントに水筒を渡す。ペリエは炭酸がぬけていたが、彼は気にせずごくごく飲んだ。ジェーンも水筒を渡されると、汗で失った水分をとり戻そうとしてごくごくと飲んだ。トラックの中ってなんて暑いのかしら！　空気がそよとも動かないジャングルの中でのろのろ進んでいたときでさえ、こんなに暑くはなかったような気がする。彼女は水筒を空にしてしまわないうちに、ふたをした。

　十分後、トラックが変な音をたてはじめ、やがてエンジンが完全にとまってしまった。

「二時間近くは走ったな」グラントがそう言って、ドアを開けて外に出る。ジェーンもトラックをおりた。「どのくらい進んだの？」

「五十キロかそこらだろう」彼は人さし指にジェーンの髪の毛を巻きつけて、にっこりしてみせた。「歩けそうか？」

「午後のお散歩ね。もちろんだいじょうぶよ」

　グラントは頭をさげて、熱いキスをした。彼女が反応を示す前に頭を引っこめる。森林の中へ彼女を押しこむと、彼はすぐにトラックのほうへ戻った。ジェーンがふりむいて見ると、ふたりの足跡がきれいに消されている。グラントはらくらくと土手を登り、ジェーンの横に来た。

「この道をあと何キロか進めば、また村がある。そこまでトラックで行ってガソリンを買い足せればいいと思っていたんだが」彼は口をつぐんで肩をすくめた。「道路づたいに歩いて、なんとか日暮れまでにたどりつこう。でも、もし彼らが近くまで来ていたら、また奥地に戻らなければならない」

「湿地帯には行かないの？」

「行けないんだ」グラントは優しく言った。「隠れる場所が少なすぎる。ぼくらがこのあたりにいることがわかってしまった以上だめだな」

一瞬ジェーンの瞳が沈んだ表情になった。「わたしがいけないんだわ。あなたを捜そうなんて思わずに、ちゃんと隠れていれば――」

「すんだことをくよくよ悩むんじゃない。計画を変更すればすむことだ。いまは、できるだけ早くリモンにたどりつくことだけを考えるんだ」

「もう一台トラックを盗むの？」

「必要ならなんだってやるさ」

確かにグラントならどんなことでもやるだろう。そう思うからこそ、彼と一緒にいるとこんなに安心できるのだ。まさかと思うようなことでも、みごとにやってのける。植物がからみあうジャングルの中をへとへとになって歩いているときでさえ、グラントと一緒ならしあわせだった。

もうじき別れのときが来て、グラントはなにげなくさよならのキスをして去っていくだろう。でもそのことは考えたくない。いまは、コスタリカを無事にぬけだすか、信頼のおける機関のもとに逃げこむことに全力をそそがなくては。彼がわたしを守ろうとして敵に撃たれるような危険のない場所へ行かなければ。

　グラントの顔から血が流れているのを見たときは、彼になにかあったら生きてはいけないんだと気づいて心臓が凍りつきそうになった。ひどいけがでないことはわかっていても、グラントでも傷つくことがあると思うと恐ろしかった。どんなに力強くて生命力がある危険な男でも、人間である以上不死身ではないのだ。

　車が一台通りかかったが、ふたりとは逆の方向へ走っていった。太陽が少しずつかげり、森の中のほの暗い光が薄れはじめる。あたりが完全な暗闇に包まれる直前に、ふたりは開けた土地のはしに出た。道路の八百メートルぐらい先に村があるのが見える。村と言うよりも小さな町と言ったほうがいい。明るい電気の光があふれ、自動車やトラックが道にとまっていた。ジャングルで何日も過ごしたあとでは、まるで大都会のようだ。

「ここで完全に暗くなるのを待って、それから町の中に入ろう」

　グラントはそう決めると、地面にあおむけになってからだをのばした。ジェーンはきらめく町の明かりを見つめながら、漠然とした不安と、はやる気持ちとのあいだで板ばさみになっていた。お風呂には入りたいし、ベッドでも寝たい。しかし、長い時間グラントとふたりきりで過ごしたあとでは、見知らぬ他人にとり囲まれるのかと思うと警戒心が頭をもたげてくる。ジェーンは彼のようにリラックスできず、こわばった顔つきでこぶしを握りしめて立っていた。

「落ちつきのない猫みたいにびくびくしてないで、少し休んだらどうだ」

「だって落ちつかないんですもの。リモンへは今夜行くの？」

「町でなにが見つかるかによるな」

急に腹がたってきて、彼女はグラントをにらみつけた。この人は答をはぐらかすことにかけては名人だわ。暗くて顔は見えないけれど、きっとわたしが怒っているのに気づいて、笑っているのかいないのかわからないような独特の表情を浮かべているにちがいない。ひどく疲れていたので冗談を返す気にもならず、ジェーンは彼から二、三歩はなれて腰をおろし、頭を膝にのせて目を閉じた。

ほんのわずかな音さえもたてず、いつの間にかグラントがうしろに立っていて、力強い手で肩と首のはりつめた筋肉をマッサージしはじめた。「今夜はまともなベッドで寝たくないか？」彼女の耳もとにささやきかける。

「ええ。それにまともなお風呂に入って、まともな食事をしたいわ」どれだけものほしそうな言いかたをしているか、自分では気づいていなかった。

「このぐらいの町ならホテルがあるだろうが、ぼくたちの格好を考えたらそこに泊まるのはまずい。下宿をやっていて、よけいな詮索(せんさく)をしないような家を見つけよう」グラントはジェーンの手をとって立たせ、肩に手をまわした。「それじゃ行こうか。ぼくもベッドが恋しくなってきた」

空地を横切って明かりに近づくと、ジェーンは自分がどんな格好をしているかよく見えるようになった。もつれた髪に手をやる。服も汚れているし、顔だって汚れているだろう。

「きっとだれも入れてくれないわよ」

「金さえ出せば泥には目をつぶってくれるさ」

ジェーンは驚いてグラントを見あげた。「お金を持ってるの？」

「優秀なボーイスカウトはいつでも用意を怠らないものだ」

遠くで響く汽車のもの悲しい警笛を聞くと、外界から切りはなされた熱帯雨林をあとにしてきたのだとしみじみ感じる。急にまったく無防備なままその場にさらされているような気になって、彼女はグラントにすりよった。「こんなふうに思うなんておかしいんだけど、なんだかこわいの」

「軽症のカルチャーショックだよ。熱いお湯につかればよくなる」

ふたりは町のはずれを、陰の中を歩くようにして進んだ。活気にあふれた町だ。舗装された道路もあって、大通りには繁盛しているような店が並んでいる。人々が笑いさざめきながら行きかい、どこからか、まぎれもないジュークボックスの音が聞こえてきた。そういう文明の産物がジェーンの神経をかき乱す。コーラの看板が歩道に立っているのを見ると、古代からいきなり現代にワープしてきたような気さえする。確かにカルチャーショックだ。

グラントはジェーンをうしろにかばうようにして立ちどまり、あまりわずらわされたくなさそうにしている老人と話をした。やがて礼を言うと、彼女の腕をしっかりつかんで歩きはじめる。「彼の義理の姉さんのいとこの娘が下宿屋をやっているそうだ」

笑いだしそうになるのをこらえてジェーンが聞いた。「あの人の義理のお姉さんのいとこの娘がどこに住んでいるのか知ってるの？」

「もちろんさ。この通りをまっすぐ行って、左に曲がり、次に右に曲がって、つきあたりまで裏通りを歩くんだ」

「あなたがそう言うのなら、そうなんでしょうね」

当然のごとくグラントは簡単に下宿屋を見つけた。彼が呼び鈴を鳴らして中から出てきた小柄で肉づきのよい女性と話をしているあいだ、白いれんがの壁にもたれて待つ。下宿屋の女主人は、こうまでひどく汚れた客を入れるのは気が進まないようすだった。そこでグラントは彼女に多額の金を手渡し、自分と妻はアメリカの製薬会社のために現地調査をしていたのだが、車がこわれてしまって、キャンプから歩くはめになったのだと説明した。お金のせいか、悲しい身の上話のせいかわからないが、女主人のセニョーラ・トレホスは表情をやわらげ、ふたりを中に入れてくれた。

緊張しきったジェーンの顔を見て、セニョーラ・トレホスはさらに表情をやわらげた。

「かわいそうに」優しくそう言うと、服が汚れるのもかまわず、疲れきったジェーンの肩に肉づきのよい腕をまわす。「ほんとに疲れているようね。ふたり用の柔らかいベッドが置いてある涼しい寝室があるわ。それと、なにかおいしいものを持ってきてあげましょうね。そしたら気分がよくなるかしら？」

ジェーンは思わず女主人の黒い瞳にむかって微笑んだ。「すてきだわ。なにもかも」とてもうまいとは言えないスペイン語でなんとか言う。「でも、なによりもまずお風呂に入りたいんです。お風呂を使わせてもらえるかしら」

「ええ、もちろんですとも」セニョーラ・トレホスは顔を輝かせて答えた。「サントスとわたしはね、タンクで温めたお湯を使っているのよ。サントスがサンホセから燃料を運んでくるの」

おしゃべりをしながら、女主人はふたりを案内した。居心地のよい家で、床はタイルばりで涼しく、白い壁が気持ちを落ちつかせる。「あいにく二階はすべてふさがっているんですよ。あいてるのは一階のお部屋ひとつだけなんだけど、涼しくていいお部屋よ」

「ありがとう、セニョーラ」グラントは言った。「一階の部屋でもすごくうれしいよ」

確かにいい部屋だった。小さな部屋で、床はむきだしになっており、白い壁に飾りはない。フレームが木でできているダブルベッドと、優美なアーチ型の窓のそばに籐椅子がひとつ、木製の小さな洗面台以外には家具はなかった。ジェーンは涼しくて気持ちよさそうなベッドをあこがれるようなまなざしで見つめた。ふわふわした枕も置いてある。

グラントはセニョーラ・トレホスにもう一度礼を言った。彼女が食事を用意しに行ったので、部屋にはふたりだけになる。ジェーンがグラントのほうを見ると、彼はじっとこちらを見つめていた。どういうわけか、寝室でグラントとふたりきりになるのは、ジャングルの中でふたりきりになるのとまた違う。ジャングルでは人目から隠れているのがあたりまえのことだったが、ここではほかの人々を締めだして、いっそうふたりが親密になったような気持ちになる。

「きみが先に風呂に入ってくれ」ようやくグラントが口を開く。「浴槽の中で寝るんじゃないぞ」

口答えをして時間をむだにするようなこともなく、ジェーンは部屋を出ていった。嗅覚を頼りに捜しまわり、セニョーラ・トレホスが台所で楽しそうに動きまわっているのを見つける。

「セニョーラ――」口ごもりながら声をかけた。着がえがないことをきちんと説明できるほどスペイン語を知らなかったのだが、セニョーラ・トレホスはすぐにわかってくれた。数分後には、無地の白いナイトガウンをジェーンの手につっこんで、ご自慢の浴室へと連れていった。

タイルにはひびが入っていたし、浴槽は深くて足のついた旧式のものだったが、蛇口をひねると熱い湯が勢いよく流れだす。ジェーンは満足げにため息をついて、素早くバックパックをおろして邪魔にならないところに置いた。服を脱ぐと、お湯がいっぱいになるまで待てずに浴槽に入った。筋肉痛のからだに湯の熱さがしみわたる。何時間でもつかっていたかったが、グラントも待っているのでそういうわけにもいかない。素早くからだにこびりついた汚れを落とす。きれいになるのがこんなに気持ちのいいものだとは思わなかった。それから髪を洗う。もつれていた髪がほどけて、もとどおり濡れた絹糸のように指のあいだを滑るようになったので、ほっとしてため息をついた。

ジェーンは急いで髪をタオルで包み、バックパックから安全かみそりをとりだした。浴槽のふちに座って脚と腕のうぶ毛を剃り、肌にクリームをすりこむ。今夜グラントの腕に抱かれて眠るのだと思うと、知らぬ間に笑みが広がった。甘い香りを漂わせ、絹のような肌になって部屋に戻ろう。なんといっても、戦士の愛を勝ちとるのは容易なことではない。使える武器はすべて利用しなくては。

歯をみがき、濡れた髪をくしでとかすと、ナイトガウンを頭からかぶった。セニョーラ・トレホスが、服を浴室の床に置いていってくれれば洗ってあげると言ってくれたので、ジェーンはバックパックだけ持って、グラントが待っている部屋へと急いだ。

彼はアーチ型の窓のよろい戸を閉めて、片方の肩を壁にもたせかけていた。ジェーンが入ってくるのを見ると、金色の瞳のまん中にある真っ黒な瞳孔が広がって、細い琥珀色の輪が黒い円を囲んでいるようになる。彼女は立ちどまり、荷物をベッドのわきにおろした。

激しく愛しあったこともあるというのに、急に恥ずかしさが胸にこみあげてくる。ジェーンは薄いナイトガウンを通してからだの線があらわになっていることに気づくと、胸を隠すように腕を組んだ。急に口の中が乾いてきて、咳払いをする。「お風呂、あなたの番よ」

　グラントは視線をそらさずにゆっくりと立ちあがった。「ベッドに入っていいんだぞ」

「あなたを待っているわ」ジェーンがささやく。

「戻ってきたら起こしてやるよ」彼の目は、今夜はひとりでは寝かせないと言っていた。

「髪の毛が――髪を乾かさなくちゃ」

　グラントがうなずいて部屋を出ていく。彼女は心をふるわせながら椅子に座りこんだ。上体をかがめて勢いよく髪をこすり、ブラシでとかしながら乾かしはじめる。多くて長い髪なので、グラントが部屋に戻ってきたときもまだ湿っていた。グラントは、ジェーンがからだをかがめてブラシを入れるたびに、ほっそりした腕がしなうのを静かに見ていた。彼女が頭をふって肩にかかった髪の毛を払いのけながら上体を起こす。その瞬間、ふたりは互いを見つめあった。

　官能の火花がふたりのあいだに飛び散った。ふれあってもいないのに、ふたりとも感情が高ぶって心臓の鼓動が速くなり、肌がほてってくる。

　彼のひげはきれいに剃られていた。ジェーンが浴室に残していったかみそりを使ったのだろう。無精ひげの生えていない顔を見るのははじめてだ。傷のある顔のがっしりとした輪郭を見て、彼女は息をのんだ。引きしまった腰のまわりに結んだタオルのほかはなにも身につけていない。ジェーンが見ている前でそのタオルをほどいて床に落とすと、彼はうしろ手にドアをロックした。

「ベッドに入る準備はできてるかい？」

「髪の毛が——まだ完全に乾いてないわ」

「そのままでいいよ」グラントはそう言って、ジェーンのほうに近づいてきた。

彼が腕をつかんで彼女を立たせると、ブラシが床に落ちた。一瞬のうちにジェーンは彼の腕の中で荒々しく抱きすくめられ、足が床からはなれる。ふたりは飢えたように唇を求めあった。ジェーンが彼の濡れた髪に指をからませ、彼にしがみつく。グラントの舌が奥に入ってくると、欲望の炎が彼女の神経をじりじりと焦がし、すすり泣くような声がもれた。

グラントがかたく引きしまった男らしいからだをジェーンの柔らかいからだに押しつけてくる。彼女はあえぎながら唇をはなし、彼の広い肩に頭をもたせかけた。呼びさまされた激しい感情には、もはや抑制がきかない。何年ものあいだひとりで夜を過ごしていても不自由を感じることはなかったが、それは情熱が目ざめていなかったからだ。だが、こうして豹（ひょう）のように野性的で美しいグラントの内なる叫びを感じると、彼女はなすすべもなくそれに従った。

「こいつを脱いでくれ」グラントはささやいて、ナイトガウンを引きあげた。ジェーンがしぶしぶからだをはなすと、頭からガウンを脱がせ、椅子の上に落とす。そして彼女をふたたび腕に抱き、ベッドに運んでいった。

ふたりをとめるものはもうなにもない。グラントがからだを重ねてくると、ジェーンは快いショックで小さな叫び声をあげた。彼がその声を唇で受けとめる。

きのうの夜と同じだった。グラントのことしか考えられない。背中の下のベッドは柔らかく、シーツはひんやりとしてすべすべしている。彼の動きに合わせてスプリングがきしみ、窓の外の虫の音と混じりあった。時はもはやなんの意味も持たない。重なりあった唇と、ふれあう肌しかそこにはなかった。炎に身を焦がされるように彼女はのぼりつめていく。やがてふたりは同時に狂おしいまでの快感に襲われて、からだをこわばらせた。シーツはふたりの熱いからだですっかり温まってしまった。

ふたたび静けさが訪れ、グラントはジェーンの上に重くおおいかぶさった。彼女の手ががっしりした背中を動くたびに深く息を吸いこむ。彼女は愛の言葉をささやきたくて唇をふるわせたが、結局、言葉をのみこんだ。愛してると言ってもグラントはよろこばないだろう。一緒にいられる時間をだいなしにするようなことはしたくない。

愛ではないにしても、同じくらい貴重なものをグラントは与えてくれたのではないかしら。敏感な指先で彼の背筋の深い谷間を探りながら、赤ちゃんができたかもしれないと思っていた。よろこびがさざ波のように全身に広がっていく。ジェーンはしっかりとグラントを抱きよせ、彼の子どもを身ごもりたいと願った。

手をのばしてランプを消すと、グラントは暗闇の中でジェーンのかたわらに寝そべった。ジェーンが横で丸くなり、頭を肩にのせてくる。少しして、グラントはくすくす笑いはじめた。

「朝まで待たずに、いまぼくの上に乗ってきてもいいんだぞ」彼女を抱きあげて、自分の胸の上にのせる。

ジェーンはすっかり満足してため息をもらし、からだをのばして腕をグラントの首に巻きつけた。こうして顔を彼の喉もとに押しつけていると、安らぎの地を見つけたようにくつろいで安心できる。〝愛してる〟ジェーンは声を出さずに彼の喉に押しつけた唇を動かして言った。

ふたりが目をさましたときには、早朝のまばゆい日の光が窓のよろい戸のすき間からさしこんでいた。ジェーンがのびをしてなにかぶつぶつ言っているあいだに、グラントが立ちあがってよろい戸を開く。薔薇(ばら)色の光が部屋中にあふれた。ふりむいてみると、日の光がジェーンのみずみずしい素肌を照らし、褐色の髪をきらきらと輝かせている。彼女はまだ眠たげな顔を赤らめた。

突然、グラントのからだに興奮が走った。小さな部屋の中でさえはなれていられない。

彼はベッドに戻ると、ジェーンをからだの下に引き入れた。表情がかわるのを見ながら、ゆっくりとジェーンの中に入っていくと、彼女の顔が輝いた。なにかが胸にこみあげてきて、グラントは息苦しくなった。柔らかな肉体にうずもれながらも、ひとつだけ頭の中にはっきりした考えが浮かんでくる。ジェーンは自分にとって近い存在になりすぎた。彼女と別れるのはさぞつらいことだろう。

グラントは、セニョーラ・トレホスの娘のひとりが持ってきてくれた洗いたての服を着た。一緒に果物とパンとチーズも運ばれている。それを見てジェーンは、ゆうべもセニョーラ・トレホスは食べものを運んできてくれたにちがいないと気がついた。だが、きっとふたりのたてる物音を聞いて、そっと戻ってしまったのだろう。彼女は顔が熱くなるのを感じた。ちらりとグラントのほうを見ると、彼も同じことを考えているらしく唇のはしがおかしそうにつりあがっている。

セニョーラ・トレホスは白いオフショルダーのブラウスも持たせてよこしてくれた。ぼろぼろになった黒いシャツを着ないですむと思うとうれしくて、うきうきした気分でブラウスをはおる。そしてトレイからオレンジをひと切れとって果汁たっぷりの実を味わいながら、グラントが暗緑色のアンダーシャツを頭からかぶるのを見ていた。

「そんな迷彩色の服を着てたら目だつわ」彼女がオレンジを彼の口に押しこみながら言う。

「わかってる」グラントは、オレンジでべとべとしたジェーンの唇に素早くキスした。「ぼくが戻るまでに、ここを出られるように準備しておいてくれ」

「戻るまでって、どこに行くの？」

「車かなにかを手に入れるつもりだ。今度はそんなに簡単にはいかないだろうけどね」

「列車に乗ればいいじゃない」

「ライフルを持ってかい？」

「どうしてわたしも一緒に行っちゃいけないの？」

「ここにいたほうが安全だからだよ」

「この前わたしがひとりになったら、トラブルに巻きこまれたのよ」

しかし、グラントは意に介さなかった。こわい顔をして、メロンに手をのばす。「きみはぼくの言うことに口出ししないでくれれば、それでいいんだ」

「あなたと一緒にいれば、それでいいのよ！」

「文句を言うのはやめてくれ！」

「文句なんか言ってないわ。明白な事実を指摘してるだけよ。文句を言ってるのはあなたのほうでしょ！」

彼の目に黄色い炎が宿った。鼻と鼻がふれあいそうになるくらい顔を近づけてくる。彼は必死で怒りを抑えている。

ジェーンはどすんと椅子に腰をおろすとふくれっつらをし、グラントはこぶしを握りしめた。それからジェーンを椅子から引っぱりあげて抱きよせ、激しくキスをする。「いい子だから言うとおりにしてくれ」ほとんど嘆願するような調子にかわっていた。「一時間か――」

「そこらで戻ってくるって言うんでしょ」最後はグラントと声をそろえて言った。「わかったわ。待っていればいいんでしょ！」かんしゃくを起こさないうちに彼は部屋を出ていった。ジェーンは新鮮なものが食べられることに感謝しながら、さらに果物をほおばった。

部屋の中でなくても家の中にいればいいはずだ。ジェーンはまずいつでも出られるように荷物を整理してから、セニョーラ・トレホスを捜しだしておしゃべりを楽しんだ。ふたりで一緒に食事の用意をする。彼が戻ってきたとき、ジェーンはパン生地が入ったボウルに腕をつっこんでいた。

ジェーンはグラントが戻ってきたのに気づいて、顔をあげ、にっこり微笑んだ。「すべて手はずは整ったの？」

「ああ。もう出かけられるか？」

「手を洗ったらすぐ出られるわ」

そう言うとジェーンはセニョーラ・トレホスを抱きしめて感謝の言葉を言った。戸口にもたれてその光景を眺めながら、グラントは思っていた。ジェーンはどんな相手でもこんなにやすやすと魅了してしまうのだろうか。

セニョーラ・トレホスはジェーンに微笑みかけて旅の無事を祈り、また来てほしいと言った。「こんなに愛らしいセニョーラとそのだんなさまなら、いつでも大歓迎ですよ！」

ふたりは荷物をとりに部屋に戻った。グラントが肩にライフルをかける。人目を引くという危険を冒すことにはなるが、置いていく気にはなれなかった。運がよければ日が暮れるまでにコスタリカを出る飛行機に乗れるだろうが、実際に家路につくまでは警戒を解くわけにはいかない。トゥレゴはまだあきらめていないのだ。きのう危うい目にあわされたのがその証拠だ。

裏通りに出ると、ジェーンはグラントを見あげた。

「どんなふうに手配したの？」

「農家の人がこれからリモンに行くんで、ぼくらを乗せていってくれるんだ」

何日も冒険をしてきたあとではうんざりするほど退屈なことのように思われたが、ジェーンはよろこんで退屈したいと思った。静かに車に乗っていればいいのね。つけねらわれていると感じないですむようになったら、どんなにか気分がいいかしら！

裏通りのはしまで来たとき、突然ひとりの男がふたりの前に立ちはだかった。グラントは即座に彼女をわきに押しやったが、ライフルをかまえる暇もなくピストルが顔につきつけられてしまう。さらに数人の男たちが裏通りに踏みこんできた。全員が銃を持ってグラントにねらいを定めている。ジェーンは息をのみ、恐怖に目を見開いた。うしろに立っている男がだれだかわかると、心臓がとまりそうになる。わたしのためにグラントは殺されてしまうのだろうか。そんなことをさせるわけにはいかない。なんとかしなければ。どんな手段を使ってもやめさせなくては。

「マヌエル！」ジェーンはよろこびに満ちた声で叫んだ。そして男のもとへ走ってゆき、男に抱きついた。「見つけてくれてほんとうにうれしいわ！」

10

悪夢のようだった。グラントが目を細め、憎悪に燃えた瞳で自分をにらみつけている。ジェーンは胃がよじれるような思いがしたが、いまは彼に説明などしている暇はない。ジェーンは精いっぱい演技した。トゥレゴにしがみつき、自分がどんなにこわい思いをしたか、ここにいるこの男がどんなふうに自分を殴り倒して農園から連れだしたかを、ぺらぺらとまくしたてる。はっきりとどうするというあてはなかったが、グラントを助けるには、なんとか自分が自由の身でいなければならないと思ったのだ。そのためにはトゥレゴの信頼を得て、彼の傷ついたプライドをなだめてやらなければならない。

まるでナイフの刃の上を歩いているようなものだった。事態はどの方向に転んでもおかしくない。トゥレゴは黒い瞳に警戒の色を浮かべ、同時に獲物を追いつめて満足したような表情を見せた。わたしに逃げられたことが許せず、痛めつけてやりたいと思っているだろうが、いまのところわたしは安全だ。トゥレゴはまだマイクロフィルムを手に入れていないのだから。

命が危ないのはグラントのほうだ。トゥレゴがひと言しゃべれば、彼の手下がこの場でグラントを殺してしまうだろう。グラントにもそれはわかっているはずなのに、まったく恐れているようすもない。くいいるような冷たい憎悪のまなざしでこちらを見つめているだけだった。でもそのおかげで、トゥレゴの疑念がいくぶんやわらいだようだ。トゥレゴは二度とわたしの監視をゆるめようとはしないだろうが、それはこの際かまわない。いまはどんな手を使ってでもグラントを守らなければ。

いつの間にかトゥレゴはジェーンの腰に手をまわし、ぴったりと抱きよせると身をかがめてキスをした。とても濃厚なキスでジェーンはぞっとしたが、抵抗しないように必死で我慢する。トゥレゴの心づもりはわかっていた。権力と支配力を誇示するために、わたしをグラントに対する武器として利用しているのだ。

トゥレゴは顔をあげると、残酷な笑みを端整な口もとに浮かべた。「わたしがついているから心配ないよ、チキータ」彼女を安心させるように言う。「もうだいじょうぶだ。この男が、二度ときみを悩ませないようにしてやろう。約束するよ」トゥレゴはグラントのほうに頭をむけて、からかうように言葉を続けた。「きみの評判は聞いているよ、セニョール。黄金の目に傷のある顔。そして猫のように音もなくジャングルの中に溶けこんでしまう。きみは伝説的な存在だが、とっくに死んだものとばかり思っていたよ。うわさを聞かなくなって久しいからね」

　グラントはなにも言わなかった。いまはもうジェーンの存在などすっかり忘れたように、トゥレゴのほうをむいている。石にでもなってしまったかのように、ぴくりとも動かない。しかし、その姿は野生の動物が獲物に飛びかかる絶好のタイミングを待ちかまえているといった感じだった。一方、トゥレゴの手下たちは強大な虎をとり囲むジャッカルのようだ。グラントに銃をむけていながら、明らかに恐れをなしている。

「だれがきみを雇ったのかがわかればおもしろいだろうな。さあ、この男を縛ってトラックにほうりこんでおけ」トゥレゴはジェーンに腕をまわしたまま命令した。グラントは乱暴に縛られて、幌つきの軍用トラックの荷台に乗せられていく。彼女は目をそむけてトゥレゴにいちばん魅力的な微笑みを見せ、肩に頭をもたせかけてささやいた。

「とってもこわかったわ」

「もちろん、そうだろう。だからきのう森の中でうちのものがきみを見つけたときに抵抗したのか？」

　トゥレゴは単純にわたしを信じるほど鈍い男ではない。ジェーンは信じられないというように目を見開いてみせた。「あなたの部下だったの？　だったらそう言ってくれればよかったのに。あのふたりがわたしを乱暴につつきまわすから、わたしを——襲おうとしてるのかと思ったの。せっかくあの男からこっそり逃げだそうとしてたのに、あなたの部下がうるさく騒いだものだから、だめになったのよ！」怒ったように声をふるわせる。

「すんだことだ。これからはわたしがきみの面倒を見てやるよ」トゥレゴはジェーンをトラックまで連れていき、助手席に乗せて自分も彼女の横に座り、運転手に指示を与えた。

恐れていた事態になってしまったが、こうなった以上、トゥレゴをうまく言いくるめて、警備員の鼻先から逃げだしたのはまったく自分の罪ではないと信じこませなければ。一度はトゥレゴをだますのに成功したが、今度はもっとむずかしいだろう。

「どこに行くの？」ジェーンはトゥレゴにもたれかかりながら、無邪気そうに聞いた。「農園に戻るの？　わたしの服は持ってきてくれた？」

「きみが心配で、服のことは思いつかなかったよ」トゥレゴは嘘をついて、がっしりした腕をジェーンの肩にまわしてくる。ジェーンは彼に微笑みかけた。トゥレゴは不自然なほどハンサムで、完璧に整った顔だちをしている。彫刻にしておいたほうがいいくらいだ。

四十代のはじめなのに、二十代にも見える。つるりとした顔で、目尻には笑いじわすらない。時や人生が彼をかえたという形跡がないのだ。唯一の弱点は虚栄心だった。いつでも力ずくでジェーンをものにできるのがわかっていながら、彼女が進んで身をさしだすようにさせたかったのだ。そのあとは、マイクロフィルムさえ手に入れれば、惜しげもなく彼女を処分してしまうだろう。

彼女の身を守れるのはマイクロフィルムだけ、グラントの身を守れるのは彼女だけだった。ジェーンは、なんとかグラントのロープをほどいて彼に武器を持たせる手だてがないかしらと、忙しく頭を働かせた。わずかなりとも優位に立つことができれば、あとはグラントがなんとかしてくれるだろう。

「あの男はだれなの？　知ってるんでしょ？」

「なにも聞かなかったのか？　何日もふたりきりでいたんだ。やつの名前ぐらいは聞いただろう」

　ふたたび彼女は素早く機転をきかせた。危険を冒すわけにはいかない。

「ジョー・タイソンとか言ってたわ。本名じゃないの？」疑わしげに聞き、驚いたようにまばたきをしながらトゥレゴをじっと見つめる。

　トゥレゴはなぜか返事をためらった。「いまはそう名乗っているのかもしれない。しかし、わたしがまちがっていなければ、かつてはタイガーと呼ばれていたはずだ」

　トゥレゴは動揺している！　グラントは縛られて十丁の銃にねらわれているというのに、それでもトゥレゴは動揺している！　ためらいを見せたのは、グラントの本名に確信が持てなかったからだけだろうか――もしかすると、グラントがそのタイガーだということ自体に確信を持っていないからではないだろうか。タイガーをとらえたと言いふらして、そのあとでもっとつまらない人物だと判明したら、恥をかくのはトゥレゴだ。

　タイガー。グラントがどうしてそう呼ばれるようになったかよくわかる。琥珀色の目と、危険なムードを漂わせた優雅な身のこなし。虎にたとえられるのも当然だ。しかし、以前のグラントがどんな男だったかわかっても、彼に対するジェーンの気持ちはかわらなかった。彼は世界中の密林に出没する超自然的な生きものなどではなくて、ひとりの人間なのだ。傷ついて血を流すこともある。笑うことだってある。あの低いしわがれた笑い声がわたしの心をとらえた。グラントを知ったあとでは、トゥレゴの隣に座っているだけで汚されていくような気がする。

ジェーンはくすくすと笑いはじめた。「スパイ映画みたいね！　あの男はスパイだったの？」

「いや、もちろん違うさ。そんなロマンチックなものじゃない。ただの雇われ軍人で、金さえもらえばどんな汚い仕事もするんだろう」

「わたしを誘拐するとか？　どうしてそんなことするのかしら。だって、身代金を払ってくれるような人はだれもいないのよ。パパはわたしに口もきいてくれないし、わたしは自分のお金なんてほとんど持ってないもの」

「たぶん金以外のものが欲しかったんだろう」

「でもわたしはなにも持ってないわ！」当惑したような表情を浮かべてみせる。

トゥレゴが彼女に微笑みかけた。「たぶんきみは、それを持っていることに自分でも気づいていないんだ」

「それってなに？　あなたは知っているの？」

「そのうちにわかるさ、チキータ」

「だれもなにも教えてくれないのね！」ジェーンは悲しげに言って、ふくれっつらをした。それから、せっかちな子どものように先ほどの質問をくりかえす。「それで、どこに行くの？」

「この道を少し行くだけだ」

町のはずれまで来ると、道のつきあたりに荒れはてた倉庫があった。壁はたるんだようになっているし、ブリキの屋根がところどころ丸まって、すっかりはがれている部分もある。ゆがんだ傷だらけの青いドアが、ちょうつがいにようやくくっついている。トラックがその青いドアのそばにとまると、トゥレゴが手をさしのべてジェーンをおろした。どうしてこんなところに連れてこられたのかは一目瞭然だ。まわりにはあまり人がいなかったし、少しばかりいた人々もすぐに目をそらしてどこかへいってしまった。

グラントがトラックの荷台から引きずりだされ、倉庫のドアのほうに乱暴に押しやられた。彼はよろめいて、危うく頭から建物に衝突しそうになる。だれかがくすくす笑ったので、グラントはからだを起こし脅すような視線を男たちにむけた。口のはしには血がこびりつき、唇も切れて、はれあがっている。ジェーンはそれを見て息をのんだ。うしろ手に縛られているあいだに殴られたんだわ！　悲しみに襲われるとともに、激しい怒りが大波のように押しよせてくる。それを顔に出すまいとして身ぶるいすると、ジェーンはふたたびトゥレゴのほうにむきなおった。

「ここでなにをするの？」

「われわれの友人に二、三質問するだけだ。たいしたことではない」

しっかり腕をつかまれてジェーンも中に連れていかれた。入ったとたん、熱気に襲われて息苦しくなる。ブリキの建物がまるでオーブンのように空気を熱していて、ほとんど息もできない。たちまち汗が吹きだして彼女はめまいがした。

いろいろな設備があちこちに置いてあって、トゥレゴがこの倉庫を作戦基地として使っていたことがわかる。彼はグラントに見はりをつけておいて、ジェーンを建物の奥のほうに連れていった。いくつか小さな部屋がつながっている。もとはオフィスだったのだろう。ジェーンが連れていかれたのは、かびくさい書類が山積みになった汚い部屋で、蜘蛛の巣まではっている。古い木の机は脚が一本なくなって傾いているし、ねずみの悪臭さえ漂っていた。我慢ならないというようすでジェーンが顔をしかめる。「まあ！」ほんとうに気分が悪くなってきた。

「こんな部屋ですまないね」トゥレゴはなだめるように言って、歯みがきの宣伝に出てくるような笑顔を見せた。「うまくいけばすぐに出られる。われわれの友人にいくつか質問をしてくるから、そのあいだアルフォンソと一緒にここで待っていてくれ」

つまりわたしも監視されているということね！　ジェーンはトゥレゴの疑念をかきたて

まいとして黙っていたが、ほんとうは身の毛がよだつ思いだった。彼の言う〝質問〟がどんな形をとるのか心配だ。早くなんとかしなければ！

トゥレゴはジェーンのあごを傾けてまたキスした。「すぐ戻る。アルフォンソ、彼女をしっかり見ていろ。まただれかにさらわれたりしたら困るからな」

ジェーンは農園でアルフォンソを見かけたことがあった。トゥレゴが出ていってうしろ手にドアを閉めると、まつげの下からおずおずとアルフォンソに微笑みかけてみせる。彼はハンサムでおまけにかなり若い。ジェーンを警戒するように言われているのだろうが、それでも彼女の微笑みに反応せずにはいられなかった。

「農園で警備をしてたでしょ？」ジェーンはスペイン語でたずねた。

アルフォンソがしぶしぶうなずく。

「やっぱりそうね。これほどハンサムな男性は絶対に忘れないもの」勢いこんで言ったので、発音がめちゃくちゃになってしまった。アルフォンソがかすかに笑う。だが、話をする気はなさそうだった。ジェーンはそうと気づかれないように気をつけて部屋中を歩きまわり、武器になりそうなものを捜した。神経をぴりぴりさせて、倉庫内の物音に聞き耳をたてる。

どのくらいたったのだろう。五分？　十分？　まだそんなにたってないのかしら？　まるでわからなかったが、ジェーンは急に我慢できなくなって、ドアに近づいていった。アルフォンソが腕で彼女をさえぎる。

「トゥレゴに会いたいわ」彼女はじれったそうに言った。「ここは暑すぎるんですもの」

「ここにいるんだ」

「いやよ！　あんまり頭のかたいこと言わないで、アルフォンソ。トゥレゴだって気にしないわよ。見はってないといけないのなら、一緒に来ればいいでしょ」

彼の腕の下をくぐりぬけて、つかまらないうちにドアを開ける。アルフォンソがののしりながら追いかけてきたが、ジェーンはドアを駆けぬけていった。中央倉庫に入ったとたん、どすっという人を殴りつける音が耳に入る。彼女の顔から血の気が引いていった。

ふたりの男がグラントの両わきに立ち、縛られた腕をつかんで彼を支えている。もうひとりがグラントの前に立って、こぶしを撫でていた。トゥレゴは唇に冷酷な笑みを浮かべてそのかたわらに立っている。グラントはがっくりとうなだれて、足もとには血がしたたり落ちていた。

「黙っていたら、もっと痛い目にあうだけだよ」トゥレゴが猫撫で声で言う。「だれに雇われたか言うんだ。いまのところ、知りたいのはそれだけだ」

だがグラントはなにも言わない。腕を支えていた男のひとりが、髪の毛をつかんで頭をぐいと上にむけた。ジェーンはアルフォンソに腕をつかまれそうになったが、グラントの顔を見てがぜん力がわき、激しく抵抗した。

「トゥレゴ！」彼女がかん高い声で叫び、みんなの注意を引く。トゥレゴは眉をひそめた。

「ここでなにをしている！　アルフォンソ、彼女を連れ戻せ！」

「いやよ！」アルフォンソを押しのけながらジェーンは叫んだ。「あんな暑いところにはいたくないわ！　もうたくさんよ！　ジャングルで苦しい思いをしてきたっていうのに、こんなひどいところに引きずりこまれて、しかも、あんな汚い部屋に押しこめられているなんて！」

「ジェーン、わかっておくれ」トゥレゴは彼女の腕をとって言った。「もう少しで彼はわたしの知りたいことを教えてくれるところなんだ。彼がだれに雇われたか興味がないかね？」トゥレゴが彼女にうしろをむかせ、オフィスに連れていこうとする。「我慢してくれ、チキータ」

ジェーンはおとなしくなって、すなおにトゥレゴに従った。その前にちらりとグラントたちのほうを見やる。どうやらトゥレゴが戻るのを待ってから拷問を再開するつもりらしい。グラントはまっすぐ立つこともできず、男たちにつかまれてぐったりしていた。

「ここにいなさい」オフィスに戻ると、トゥレゴは厳しい口調で言った。「約束してくれるな？」

「ええ、約束するわ」ジェーンがトゥレゴにむかってにっこり微笑む。そして次の瞬間、ジェーンのこぶしが飛んだ。こぶしが鼻の下に命中すると、トゥレゴの頭がそりかえり、血が流れだした。彼が叫び声をあげないうちに、さらにみぞおちに肘で激しい一撃をくらわせる。トゥレゴはうめき声をあげながらからだを折りまげた。まるでバレエのふりつけのような優雅な身のこなしで無防備なあごを蹴りあげると、トゥレゴは人形のように崩れ落ちた。父親があらゆる護身術の講習を受けろと言ってくれたことに感謝しながら、ジェーンは身をかがめ、トゥレゴのホルスターからピストルをぬきだした。

ふたたびドアへ急ごうとしたそのとき、ブリキの建物の中に一発の銃声が鳴り響いた。ジェーンが恐怖で凍りつく。「まさか!」彼女は音のしたほうへ駆けだしていった。

ジェーンがトゥレゴの腕の中へ飛びこんでいったとき、グラントは燃えるような怒りにとりつかれた。しかし感情をコントロールする訓練を受けていたので、そんな状況でもなんとか怒りを抑えられた。すると今度は自分が情けなくなった。いったいなにを期待していたんだ? ジェーンはどんなことが起こってもうまくたちまわる女性だ。まずトゥレゴを味方につけておき、次にぼくにトゥレゴのもとから連れだされると、トゥレゴをとりこにしたのと同じくらい簡単にぼくも魅了した。そして、ふたたびトゥレゴのもとに戻ったとたん、ぼくには見切りをつけたというわけだ。あれだけ素早く正確に状況を判断して巧みにトゥレゴにとりいるなんて、まったく見事としかいいようがない。

裏切りものめ！　あの独特の天真らんまんな態度も、すべてぼくをだます手段だったんだな！　見てろ、きっと奪いかえしてみせるから。

そのとき不意に、部分的に眠っていた昔の感覚がすっかりよみがえった。あんな女のことは忘れろ。まず自分のことをなんとかしなければ。彼女のことを考えるのはそれからでいい。すぐになにか手を打たないと、自分の命がない。

トゥレゴが自分の正体を正しく言いあてたとき、考えがある程度まとまった。こんな世界に生きているものたちが、たった一年で自分のことを忘れるはずもない。姿を消したためにかえって伝説的存在として語られるようになっていたのだろう。ともかくトゥレゴには、行方不明のマイクロフィルムを追っているのだと思わせておくことにしよう。ジェーンを利用することにはなんの良心の呵責も感じなかった。彼女はぼくを利用しただけでなく、糸につながれたあやつり人形のように、自分を踊らせたのだ。彼女をコスタリカから連れだす約束さえしていなければ、ひとりでなんとか脱出もできるだろうが、仕事を引きうけたからにはやりとげなければならない——もしこの場面を生きて切りぬけることができたらの話だが。ジェーンをとり戻したら、今度は甘い顔など見せるものか。

トゥレゴはいろいろなことを知りたがっていた。

「だれに雇われた？　それとも、いまはもう独立しているのか？」

「いいや、ぼくは独立教会派じゃなくてプロテスタントだよ」グラントが愛想よく笑いながら答える。トゥレゴがうなずいて合図すると、顔にこぶしが飛んできた。唇が切れ、口の中が血でいっぱいになる。次は胃のあたりにパンチを受けた。腕をねじりあげられるように支えられていなかったら、倒れていただろう。

「あまり時間をかけるわけにはいかないんだ」トゥレゴがつぶやいた。「タイガーとして知られている男だ。ただ働きをするはずがない」

「ときにはただ働きだってするさ。ぼくは慈善家なんだ」

顔にパンチがあたってグラントはうしろによろけた。こいつはほんもののボクサーだ。正確にパンチを入れてくる。おかげで胃がむかむかしてきた。頭はまだはっきりしているのに、息苦しくなり目がかすんでくる。そこでわざと膝を折って、全体重をふたりの男にあずけた。

ジェーンの声が聞こえてきたのはそのときだった。それまでに聞いたことがないほど怒りっぽい声をあげている。トゥレゴがなだめる声がして、部下たちの注意はグラントからそれた。野生の動物のようにそれを感じとると、彼は身をかがめて、わざと手首のロープを引っぱってみた。右手のひもがずり落ちてきたのを感じて、彼の心に満足感がわきあがってくる。

グラントは手の力が非常に強かった。その力を使えば、手をいっぱいに広げてひもをのばし、それから力をゆるめてひもをもっと下までずりさげることができる。二回それをくりかえすと、ひもがすっかりゆるんで指に引っかかった。

目を細めて周囲を見渡し、グラントはだれも自分のことに注意を払っていないことを見てとった。先ほど彼を殴った男でさえも、ぼんやりとこぶしを撫でながら、どこへ行ったかわからないトゥレゴが戻るのを待っている。ジェーンの姿も見えなかった。やるなら今だ。

わきから彼を支えているふたりの男も油断していたので、グラントは苦もなくふたりを投げ飛ばした。ほんの一瞬、彼らがひるむ。その一瞬で十分だった。グラントはライフルをひったくり、そのライフルで兵士のあごを殴りつけてうしろによろめかせた。そして身をひるがえし、外にむかって駆けだす。周囲の兵士たちは、すっかり呆然としてどういう行動をとればいいかわからないでいるようだった。ひとりだけなんとかライフルをかまえてやみくもに発砲したが、弾丸はグラントのはるか頭上を飛んでいく。それが残っていた最後のひとりだったが、グラントはいやみなくらいやすやすとやっつけてしまった。だれかが動きだすのを待って一瞬だけ立ちどまったが、だれもぴくりともしない。倉庫のいちばん奥のドアのほうに視線を走らせ、血がこびりついた唇にゆがんだ笑みを浮かべると、ジェーンをとり戻しにいった。

ジェーンはこんな恐ろしい思いはしたことがないと思っていた。暗闇の恐怖も、いま感じている恐怖とは比べものにならない。蜜の中でもがいているようで、思うように走れないのだ。ああ、あの人は殺されてしまったのかしら。そう考えるだけでも恐ろしくて耐えられなくなる。生きていて、グラント！　お願いだから生きていて！

ジェーンはピストルを手に、命よりも大切な人のために戦う覚悟を決めて、勢いよく中に飛びこんだ。男たちがあちこちにだらしなく倒れている光景が目に入る。どうしてこんなにたくさんの男たちが倒れているのかしら。頭がくらくらしてきた。銃声は一発だけだったはずなのに！

そのとき何者かがジェーンの首に腕をまわし、喉もとをがっちりと押さえてうしろにぐいと引いた。もう一本腕がのびてきて、長い指がピストルを持ったほうの手をきつく握りしめる。ピストルが落ちた。

「おかしなことだけど、きみが武器を持っていないほうが落ちつくんだ」低いささやき声が耳に響いた。

その声を聞いてジェーンは目を閉じた。涙がふた粒こぼれ落ちる。「グラント――」

「残念ながらそのとおりだ。ぼくに会えてどんなにうれしいかはあとで言ってくれ。すぐにここを出るぞ」

彼は首にまわした腕をはなしたが、ジェーンがふりむいて顔を見ようとすると、右腕をつかんでもう少しで痛みを感じるだろうというところまでねじあげた。

「歩け！」グラントが怒鳴って彼女を前に押す。その勢いでジェーンはよろめき、腕がねじれて思わず叫び声をあげた。

「痛いわ」泣き声まじりに言う。まだわけがわからずに呆然としていた。「グラント、待って！」

「うるさいぞ」彼はそう言ってドアを足で蹴り、焼けつくような日ざしの中にジェーンをつきだした。トラックがとまっている。グラントはためらわなかった。「中に入れ。ドライブするぞ」

彼はドアを開け、半分投げ入れるようにジェーンをトラックに乗せた。シートの上に投げだされた彼女が声をあげる。その弱々しい声に身を切られるような思いがしたが、グラントはもうだまされないぞと自分に言い聞かせた。かまってやることはない。自分の面倒は自分で見る女だ。

ジェーンはなんとか上体を起こし、目に涙をためて、血のにじんでいるグラントの顔を見つめた。すべてはお芝居で、ふたりの命をかけた必死の行動だったのだと説明したかったが、彼は聞く耳持たぬといったようすだ。それでもジェーンはあきらめる気にはなれなかった。運転席に乗りこもうとするグラントのほうに手をのばそうとしたそのとき、倉庫のドアのあたりでなにかが動くのが目に入った。

「グラント！」

グラントがふりむく。と同時に、トゥレゴがライフルをかまえて発砲した。銃声が空気を切り裂くように鳴り響いた。だがジェーンは、片膝をついてピストルをかまえたときにグラントが苦痛のうめき声をあげたのを聞き逃さなかった。トゥレゴが身を隠す場所を見つけて駆けだすと、グラントのピストルが火を吹き、トゥレゴの右肩に小さな赤い花が咲いた。次の瞬間、トゥレゴはよろよろとドアのむこうに倒れこんでいった。

遠くでだれかの悲鳴が聞こえる。ジェーンは開いたドアからトラックの外に転がりでて、岩だらけの熱い地面の上に落ちた。グラントは膝をつき、右手で左腕をしっかりとつかんだままトラックにもたれている。真っ赤な血が指のあいだからしたたり落ちた。彼は戦いにとりつかれたような表情で彼女を見あげた。

ジェーンはすっかり気が動転していた。グラントのアンダーシャツをつかむと、自分でも信じられないほどの力で彼を引っぱりあげて立たせた。「トラックに乗って！」グラントをドアの中に押しこみながら叫んだ。「トラックに乗ってよ！　殺されたいの？」

あざができているわき腹をいやというほど座席にぶつけて、グラントは一瞬動けなくなった。ジェーンが彼をぐいぐいと押して、涙を流しながら泣き叫ぶ。

「少し黙っててくれないか！」グラントは自分で中に入りながら言った。

「黙れなんて言わないで！」ジェーンは金切り声をあげると、グラントが助手席に座るまで押しつづけた。そしてほおの涙をぬぐい、自分もトラックに乗る。「トラックを動かすから、そこをどいて！　キーはどこなの？　ああ、ないわ！」ハンドルの下に頭からもぐりこんで計器盤の下を手で探り、やっとの思いで電線を引きだした。

「なにをするつもりだ」グラントがうめく。痛みで頭がぐらぐらした。

「点火装置をショートさせてエンジンをスタートさせるの！」彼女は泣きじゃくりながら答えた。

「それじゃ電線がちぎれるぞ！」彼女は唯一の交通手段を使えなくするつもりか？

グラントはハンドルの下からジェーンを引きずりだそうとしたが、そのとき彼女が自分から出てきてクラッチを踏みこんで、二本の電線をふれあわせた。エンジンが勢いよくうなりはじめる。ジェーンはドアをばたんと閉め、ギアを入れてクラッチをゆるめた。トラックが乱暴にがたんと揺れた拍子に、グラントのからだはドアに打ちつけられた。

「ギアをローにしろ！」彼が座りなおしてシートにしっかりとしがみつく。

「ローギアがどこだかわからないわ！」

グラントはぶつぶつ言いながらギアレバーに手をのばした。レバーを握ると腕の傷がずきずき痛んだが、痛みを抑える手だてもないので、考えないことにした。「クラッチを踏んでくれ。ぼくがギアをかえる。ジェーン、クラッチを踏むんだ！」

「怒鳴らないでよ！」ジェーンはクラッチを踏みこんだ。グラントが正しくギアを入れたので、今度はスムーズに動きはじめる。彼女はアクセルを床に踏みつけ、重いトラックを乱暴にカーブさせた。後輪が砂利の上をスリップする。

「右に曲がれ」グラントが言う。ジェーンは次の角を右に曲がった。

必死でスピードを出しているので、トラックは飛ぶように走った。アクセルを踏みつづけていると、トランスミッションがきしむ音がしはじめる。

ジェーンはまだ泣いていた。ときどき手で涙をぬぐう。「左に曲がれ」グラントが言った。

彼女がトラックの向きをかえると、別のトラックが一台、ふたりの乗ったトラックをよけるために道の片側によった。

その道は町の外へ通じていた。ほんの二、三キロ町から出たところで、グラントが口を開いた。「道のはしによせろ」彼女はなにも言わずにトラックを道の片側によせてとめた。

「よし、おりるんだ」ジェーンはふたたびなにも言わずにその言葉に従い、外に飛びおりて、グラントが出てくるのを待った。彼の左腕からは血が流れていたが、そこで手あてをするつもりはなさそうだった。グラントはピストルをベルトに押しこみ、ライフルを肩にかけた。「行くぞ」

「どこへ行くの？」

「町に戻る。きみのボーイフレンドは、ぼくらが折りかえしてくるとは思わないだろう。なにも泣くことはないぞ。あいつを殺したりはしないから」

「トゥレゴはボーイフレンドなんかじゃないわ！」

「ぼくにはそう見えたけどね」

「彼の不意をつこうと思ったのよ！　どちらかひとりが自由の身でいる必要があったでしょ！」

「聞きたくないね」グラントはうんざりしたように言った。「一度はまんまと引っかかったが、二度目はそうはいかないぞ。さあ、歩くか？」

いまはなにを言ってもむだだわ。あきらめたようにグラントから目をそらして、開いたドアからトラックの中を見る。なにかが床のすみに押しこまれているのがちらりと見えた。わたしのバックパック！　彼女はあわててトラックに這いのぼり、座席の下からバックパックを引きずりだした。興奮のあまり、荷物のことなどすっかり忘れていた。

「そんなものは置いていけ！」吐き捨てるようにグラントが言う。

「わたしにはこれが必要なの」ジェーンはぴしゃりと言いかえして、ズボンのベルト通しにバックパックを固定した。

彼がベルトからピストルを引きだす。ジェーンは目を大きく見開いて、ごくりとつばを飲みこんだ。彼は落ちついてトラックの前輪の片方を撃つと、ピストルをベルトにつっこんだ。

「どうしてそんなことを?」ジェーンはもう一度つばを飲みこんでからささやいた。

「トラックを乗り捨てなきゃならないはめに追いこまれたように見えるだろ」

グラントはジェーンの腕をきつく握って道路のはしに引きよせた。エンジンの音が聞こえるたびに彼女を地面に押し倒して、そのまま音が聞こえなくなるまでじっとしていた。たった一時間前にはあんなに白くてきれいだったブラウスが、もはや泥にまみれあちこちかぎざきができている。でも、そんなことを気にしていてもしかたがない。

「いつになったらトゥレゴは追跡を再開するかしら?」ジェーンはあえぎながら聞いた。

「すぐにだ。もう待ちきれなくなったのか?」

皮肉な言葉にくやしさがこみあげたが、彼女は気にしないようにつとめた。二十分もするとまた町はずれに近づく。だが、グラントはまわり道をした。なにを捜しているのか聞きたかったが、どうせとりあってもらえないだろう。ジェーンは口をつぐんだままついていった。殴られてはれてしまった彼の顔を洗って、腕に包帯をしてあげたいけれど、なにもできない。彼はわたしの好意など受けたいと思っていないんだわ。

結局ふたりはいまにも崩れそうな家の裏にある納屋の中に滑りこんで、地面にそのままくずおれた。中は比較的涼しかった。グラントはうっかり左腕を曲げてしまって顔をしかめたが、ジェーンが近づこうとすると、冷たい目で刺すようににらみつけた。ジェーンはまた地面に座って膝を抱え、膝に頭をのせた。「それで、これからどうするの?」

「国外に出るんだ。なんとしてもね」グラントはきっぱりと言った。「きみを家に連れかえすためにぼくは雇われたんだから。早ければ早いほどいい」

11

ジェーンは額を膝にのせたまま目を閉じて、なにも言わずに座っていた。寒々としたわびしさが胸にこみあげてくる。不安や恐怖さえどこかに消えてしまった。どうすれば彼は、わたしが裏切ってなどいなかったとわかってくれるかしら。もちろん、また説明してみるつもりだった。ほんとうに別れのときが来るまであきらめたりしない。でも――グラントが聞こうとしなかったらどうすればいいの？　どういうわけかジェーンは、彼のいない未来など考えられなくなっていた。こんな状態でいるのはつらかったが、頭をあげればそこにはグラントがいる。近くにいるというだけで心が安らぐのだ。完全にはなればなれになってしまったら、どうすればいいの？

気温と湿度があがりはじめ、涼しかった古い納屋の中も、たちまち暑苦しくなった。いつもの雨が近づいたことを告げるように、遠くで雷が鳴る。家のドアがきしむ音が聞こえて、腰の曲がった老女が家の角から姿を現した。豚が鳴いている小屋へゆっくりと歩いていく。グラントは警戒して、ぴくりとも動かずに老女を見ていた。家と納屋のあいだにはのび放題にのびた雑草や低木があり目隠しになっているので、見つかる心配はまずない。

老女はえさをやって、やかましく鳴きたてる豚にむかってしばらく優しく話しかけると、また大儀そうに戻っていった。

ジェーンは少しも動かず、えさを与えられた豚が騒ぎはじめたときでさえ目を開かなかった。そんな彼女を見て、グラントの冷淡な金色の瞳に困惑の色がまじる。こんなに静かに座ったままじっとしているなんてジェーンらしくない。いつもなら猫のように旺盛な好奇心が頭をもたげ、自分に関係があろうとなかろうと、なんでもかんでも首をつっこむのに。うつむいたままだからよくわからないが、どうやら青い顔をしているようだ。そばかすがいくつか、はっきり目だって見える。

そのとき、トゥレゴが身をかがめて唇をジェーンの唇に押しあて、彼女がなんの抵抗もせずにそのキスを受け入れていた光景が、グラントの脳裏によみがえった。ふたたび怒りがこみあげてきて、こぶしを握りしめる。あんな人間のくずにキスされて平気でいられるなんて！

雷の音が近くなって、雨の匂いがしてきた。風が渦を巻きはじめ、納屋の中を吹きぬけて涼しさを運んでくる。小動物たちが避難をはじめ、鳥たちが行ったり来たりして、嵐をやりすごすためにいちばん丈夫なとまり木を捜しはじめた。

だれも外には出てこないだろうから、雨がふっているうちに出発したほうがいい。グラントはそう思ったが、殴られたからだが痛むし、左腕の傷口からはまだ血がにじみでている。ここにいればさしあたって危険はないと判断し、そのまま休んでいることにした。夜に動きだしたほうが、もっと好都合だろう。

雨がぱらぱらとふりだして、一分もたたないうちに豪雨となった。納屋の中にも雨が流れこんでくる。グラントは立ちあがると、こわばったからだが痛んでうめき声をあげそうになるのをこらえ、半分腐りかけた木箱の上に座った。

ジェーンはからだが濡れるのを感じてはじめて顔をあげ、雨が川になって流れこんでいるのに気づいた。水を避けて位置をかえる。だが、グラントのほうは見なかった。彼に背をむけたまま腰をおろすと、彼女はまた膝を抱えた。

彼は待つことには慣れていた。必要ならば、一日中でも同じ姿勢を保っていられる。しかし、いまのこの納屋の中の静けさと動きのなさときたら、なんとも落ちつかなかった。

これまでのジェーンの行動を考えたら、彼女がこんなふうにしているのは不可解だ。なにかたくらんでいるのだろうか？

そのうち雨もやんで、ふたたびうだるような暑さが戻ってきた。「一日中ここにいるの？」とうとうジェーンが長い沈黙を破って不機嫌そうに聞く。

「そうだな。ほかにいい考えも浮かばないし。きみにはなにか考えがあるのか？」

彼女は答えなかった。グラントがなにも言いたくないようすなのを感じとって、それ以上の質問もしなかった。あまりに空腹で気分が悪くなってきたが、食料はないし、彼に不平を言う気も起こらない。ふたたび頭をうなだれて膝にのせ、眠ろうとつとめた。少なくとも眠っていれば悲惨な現実を忘れていられる。

そして彼女は、ほんとうに眠りに落ちてしまった。日が暮れるとグラントが肩を揺さぶって彼女を起こす。「行くぞ」彼の手は力強いながらも優しかったので、ジェーンは思わず心臓がとまりそうになってしまった。自分が眠っているうちに怒りがさめて、グラントが落ちつきをとり戻したのではないかとはかない希望を抱く。しかし彼がすぐに腕をはなし、厳しい顔をして納屋を出ていったので、そんな希望も消えてしまった。

ジェーンはひもにつながれたおもちゃのようにグラントのあとをついていった。彼がとまれば彼女もとまる。いつもグラントとのあいだに一定の距離を保った。彼は大胆にも町のまん中に入っていき、ふたりを捜している人間などひとりもいないようなそぶりで道を歩いた。不審な目で見る者もいたが、だれもふたりをとめなかった。実際異様な姿に見えるだろうとジェーンは思った。はれあがった顔をして、片手で軽々とライフルをかついでいる背の高いブロンドの男と、髪がくしゃくしゃで汚れた服を着て、大きなバックパックを背負ってあとをついていく女。だが彼女は、まわりの風景のほうが異様だと感じていた。派手なピンクとブルーのネオンサインはまるでテレビゲームの中に迷いこんだような気にさせる。

彼はなにを考えているのかしら。こんなに人目を引いたら、すぐにトゥレゴの耳にも入ってしまうでしょうに。トゥレゴなら地元の警察を動かすこともできるはずだし、どんなに多くの人間でも捜索につぎこめるだけの権力を持っている。これではまるで見つけてほしがっているみたいだわ。

グラントはわき道に入り、薄暗い小さな酒場の前でとまった。「ぼくのそばをはなれるな。口を開くんじゃないぞ」厳しい口調でそう言って中に入っていく。

小さなバーの中はむっとして煙がたちこめ、強いアルコールの臭いが汗の臭いとまざって充満していた。奥のほうの暗い陰になったところに小さなテーブルがあいているのを見つけて座る。しばらくするとウエイトレスが来たので、彼はジェーンの好みを聞きもしないでテキーラを二杯注文した。

彼女がウエイトレスを引きとめる。「待って――ライムジュースはありますか?」ウエイトレスがうなずいたので、ほっとため息をついた。「テキーラではなくて、ライムジュースをお願い」

炎を手で包みながら彼は煙草に火をつけた。「禁酒でもしてるのか?」

「おなかがすいてるときには飲まないのよ」

「あとでなにか食べるさ。ここにはなさそうだが」

ジェーンは飲みものがふたりの前に置かれるのを待って口を開いた。「ここにいるのは危険じゃないの？　わたしたちが道を歩いているのをトゥレゴの手下に見られたかもしれないわ」

彼は目を細め、青い煙草の煙ごしにジェーンを見つめた。「どうしてそんなことを心配するんだ？　トゥレゴは腕を広げて迎えてくれるんじゃないのかい？」

彼女が身を乗りだす。「わたしはただ、時間をかせごうとしただけよ。あれしか方法が思いつかなかったの。前もって説明できなくて悪かったわ。でも、トゥレゴの前でこそこそ話をするわけにはいかなかったでしょ？　もしわたしも縛られてしまったら、あなたを助けてあげられなかったわ！」

「ありがたいね。だがきみに助けてもらおうとは思ってないよ」グラントはゆっくりとしゃべり、赤くはれあがった左まぶたにふれた。

怒りがこみあげてきて、彼女はわなわなとふるえた。潔白なのに裏切りもの扱いされるのはもうたくさんよ。ライムジュースをグラントの膝にこぼしてやろうかと思ったが、おなかが鳴って、空っぽの胃になにか入れたいという欲求のほうがはるかにまさった。ジェーンは椅子に座りなおし、できるだけ長くもつように少しずつジュースをすすった。

時間がのろのろと進んでいく。ジェーンは肩胛骨のあいだがひきつるのを感じはじめた。一秒過ぎるたびに危険が増し、トゥレゴに見つけられる可能性が大きくなる。乗り捨てたトラックの小細工で、長いこと彼らをだましおおせるはずがない。

そのとき突然ひとりの男がジェーンの隣の席に滑りこんできた。彼女が驚いて椅子から飛びあがる。男はジェーンを興味ありげにちらりと見やっただけで、すぐにグラントのほうをむいた。なんの特徴もない人物だ。着古した服を着て、無精ひげを生やし、安っぽい酒の匂いをぷんぷんさせている。しかし、男がジェーンにわからないほど小さな声でグラントになにか言ったので、すべてがはっきりした。

グラントが大っぴらに姿をさらしていたのは、トゥレゴに発見されたいからではなく、ほかのだれかに発見されたかったからだ。大きな賭だったが、うまくいったらしい。グラントは、この世界から身を引いてはいても自分の名声を知る者が多いことを知っていて、だれかが接触してきてくれるだろうと信じていたのだ。この男はたいした顔役ではないのだろうが、それなりに役にたつはずだ。

「車が必要だ。いますぐ。やってくれるか?」

「ああ」男は答えて、力をこめてうなずいた。

「よし、ちょうど一時間後に《ブルー・ペリカン》の裏に車をとめておいてくれ。右の座席の下にキーを入れたら、外に出て車からはなれろ」

男はふたたびうなずいた。「成功を祈るよ」

グラントは口もとにゆがんだ笑みを浮かべて言った。「恩にきるよ」

男の姿が人ごみにまぎれて見えなくなる。ジェーンはテーブルを見つめたまま、両手でグラスをもてあそんだ。「話はついたんだから、ここから出たほうがよくない？」

　グラントはテキーラのグラスに口をつけ、喉をごくごくと鳴らして、ぴりっとする味の液体を飲みこんだ。「もう少し待つんだ」

　そうだ。すぐにあとを追うようなことをしてはいけない。それとわからぬように人と接触するのがいかに大事なことか、ジョージがいつも言っていた。今回は多少大っぴらに接触しすぎたようだったが、それは状況が切迫しているからにほかならない。眠りにつくことしか考えていないような顔をしてはいても、彼も必死なのだろう。グラントは半ば目を閉じてぐったりと椅子に座りこんでいる。左手がライフルにかけてあるのに気づかなければ、完全にくつろいでいるように見えるところだ。

「お手洗いあるかしら？」ジェーンはつとめて明るい声で聞いた。

「ここに？　ないと思うね」

「どこでもいいわ」

「わかった。それは飲み終わったかい？」グラントはテキーラの残りを飲みほし、ジェーンもライムジュースを飲みほした。すると、首のうしろがむずむずするような感じがした。立ちあがると、さらにそれが強まる。

　人の足とテーブルと椅子がからみあっている中を縫うようにして、ふたりはドアまで行った。外に出たとたんにジェーンが言う。「監視されてたわ」

「わかっている。だから《ブルー・ペリカン》と反対の方向に行くんだ」

「《ブルー・ペリカン》ってなんなの？　なぜそんなにこの町のことを知ってるの？　前にも来たことがあるの？」

「いや、注意を怠らなかっただけさ。《ブルー・ペリカン》はぼくらが最初に通りかかった酒場だ」

思いだした。あのピンクとブルーのネオンサインがあった店だ。

狭い裏通りを歩いていくと、暗闇（くらやみ）が大きく口を開けて待っていた。舗装されていない道で、歩道も街灯もなければ、ぎらぎらした光をはなつけばけばしいネオンサインもない。地面はでこぼこして歩きにくかった。腐った生ごみの臭いで気分が悪くなる。ジェーンは思わず彼のベルトをつかんでいた。

グラントは一瞬たじろいだが、なにも言わずにまた歩きはじめた。以前うしろから彼につかまったときのように肩にかつがれるはめになっていたかもしれないと気づいて、ジェーンはごくりとつばを飲みこんだ。暗闇でグラントにしがみついていることができなくなったらどうしよう？　手をかたく握りしめて、ただなにもせず立っているだけ？　恐ろしさのあまり何日も呆然自失（ぼうぜんじしつ）になっていた子どものころからはもうずいぶんたっている。いまがもう一歩踏みだすべきときなのかもしれない。彼女はゆっくりとグラントのベルトから手をはなした。

彼が立ちどまってジェーンのほうを見る。暗くて表情はわからなかった。「ベルトにつかまっていてもいいんだぞ」

ジェーンは黙っていた。グラントがわけを知りたがっているのを感じても、なにも説明できなかった。自分の人生の節目になるようなできごとは、すべて精神的なもので、悲痛な努力をして勝ちとってきたものだ。簡単に人に話せるものではない。両親が多額の費用を払って頼んだ精神科医でさえ、誘拐事件についてなにも聞きだすことはできなかった。

悪夢のような経験をして以来ひどく暗闇をこわがるようになったことはだれでも知っていたが、ジェーンは詳しいことはだれにも話さなかった。両親にも話さず、結婚前からずっといちばんの親友だったクリスにさえ話さなかった。信頼して話す気になった相手はただひとりだけ。それなのに、その人とのあいだには溝ができてしまい、どんなにその溝をうめようとしても、すぐつきはなされてしまう。グラントの腕の中に身を投げだしたくても、ひとりで立っていかなければならないのだ。すぐにひとりになってしまうだろうから。

暗闇の中にとり残される恐怖さえ、これから死ぬまでひとりで生きていくことになるかもしれないという恐怖とは比べものにならなかった。

グラントは右に行ったり左に行ったり同じ道を引きかえしたりして、町の中をめちゃくちゃに動きまわった。何度も道をかえたので、ジェーンはどの方向に動いているのかわからなくなり、ただひたすらグラントのあとをついていった。途中、一度だけ汚い安食堂の裏からこっそりトイレに入りこんだ。水道設備は第二次大戦前のもので、明かりは天井からさがっている薄暗い電球ひとつきりだったが、それでも文句をつける気にはならなかった。蛇口をひねればなまぬるい水が少しずつ流れだす。それだけでもありがたかった。手を洗ってから顔に水をはねかける。タオルがなかったのでズボンで手をふき、顔は自然乾燥にまかせた。

建物から足を忍ばせて出ていくと、グラントが影の中から出てきてぐいと腕をつかんだ。《ブルー・ペリカン》はすぐそこだった。角を曲がるとピンクとブルーのネオンサインが見える。しかしグラントはまっすぐ近づいてはいかなかった。大きく遠まわりして、ときどき何分もじっと動かないでなにかを待って、警戒していた。

ようやく酒場の裏にとめてあるフォードのステーションワゴンに近づいたが、それでもまだ彼は用心してボンネットを開け、ライターの明かりでエンジンを調べた。やがて安心したらしく、できるだけ静かにボンネットを閉めた。

「中に入ってシートの下からキーをとってくれ」

ジェーンはドアを開けた。車内灯がつかなかったが、それくらいは覚悟の上だ。中にだれもいないことを確かめてから、からだをかがめてシートの下を手で探った。反対側のドアが開いて、グラントの重みで車が傾く。

「急いでくれ」グラントがきつい調子で言った。

「キーが見つからないの」たくさんの泥と、ねじが少しと紙くずが出てきたが、キーは出てこない。「この車じゃないのかもしれないわ！」

「そんなはずはない。もう一度調べろ」

ジェーンは床に膝をついて、できるかぎり手をのばしてあちこち探ってみた。「だめ。ないわ。あなたの座席の下は？」

彼も身をかがめ、腕をのばして自分の席の下を探った。そして小声で悪態をつきながら、小さな木の棒に針金で結びつけてあるキーを引っぱりだす。やつらはこんなに簡単な指示も実行できないのかとぶつぶつ言いながら、キーをさしこんで車を発車させた。

年代ものだがエンジンは静かで順調に動く。グラントはギアを入れかえ、バックして裏道を出た。《ブルー・ペリカン》からはなれ、明るい表通りに出てからようやくヘッドライトをつけた。

ジェーンはかびくさいシートにもたれた。ついに首尾よく逃げだせそうだということが信じられない気分だ。朝からいろんなことがありすぎて、時間の感覚がなくなっている。

まだそんなに遅くないはずだ。たぶん十時ごろだろう。疲れてはいたが眠れなくて、しばらくのあいだ催眠術にかかったようにヘッドライトに照らされた道路が流れ去っていくのを見ていた。「まだリモンにむかってるの？」

「なぜだ？　きみの恋人にそう言ったのか？」

ジェーンはこみあげてくる怒りを抑えようとして歯をくいしばった。わかったわ、もう一度彼を説得してみよう。「トゥレゴはわたしの恋人じゃないし、彼にはなにも言ってないわ。わたしはただ、彼らの不意をついて銃を手に入れるまで縛られないでいようとしただけよ」吐き捨てるように言った。怒りを抑えようとして胸が波打っている。「あなたがわたしからとりあげたピストルをどうやって手に入れたか考えてみて！」

ここまで言えば無視できないだろうと思ったが、グラントは肩をすくめてあっさり退けてしまった。「弁解してくれなくてもいいぞ」うんざりしたように言う。「ぼくには興味ない――」

「車をとめて！」彼女がかんかんになって叫ぶ。

「またはじまったな、いつものかんしゃくが」彼は厳しい表情でジェーンを見た。

衝突事故を起こしかねないことも気にせず、ジェーンはハンドルに飛びついた。グラントが悪態をつきながら片手で彼女を押しやる。だがジェーンはその腕の下をかいくぐってハンドルをつかみ、乱暴にぐいとまわした。彼が片手で車を制御しようと奮闘しながら、もう片方の手でジェーンを押しのける。彼女はふたたびハンドルをつかんで引っぱった。

車が道路の路肩にぶつかって、がたんと揺れた。

グラントはジェーンをはなし、狭い道路でジグザグに揺れ動く車と格闘した。急ブレーキをかけてやっとのことで車を停止させる。車が完全にとまる前にジェーンは荒っぽくドアを開けて外に飛びだした。「自力でコスタリカから脱出するわ！」大声で叫んでドアをばたんと閉める。

グラントも車から出た。「ジェーン、ここに戻ってこい」歩きはじめた彼女にむかって怒鳴る。

「もう一キロだってあなたと一緒になんか行きたくないわ！　一センチだっていやよ！」

「そうやってだだをこねるなら、両手両脚を縛ってやらなきゃならんな」そう言ってつかつかと彼女のあとをついてくる。

ジェーンはとまらなかった。「なんでもそれで片づけてしまうのね」あざけるように言う。

そのとき、なんの予告もなく、グラントがダッシュした。あまりに素早くて、ジェーンは走りだすこともできなかった。身をよじって彼の手をすりぬけようとしたが、ブラウスをつかまれ、うしろに引き戻された。簡単につかまえられたのがくやしくて、さらに怒りをかきたてられる。しなやかなからだをねじったり折り曲げたりして、彼女は必死でグラントの手を逃れようとした。

「まったく、どうしてなんでもそんなに乱暴にやろうとするんだ？」グラントがあえぎながら言う。

「はなして!」ジェーンは叫んだが、腕をしっかりと押さえつけられてしまい、車のほうに連れ戻されてもどうすることもできなかった。

しかしグラントが車のドアを開けるために片方の腕をはなしたとき、一瞬のすきをついてジェーンは激しく身をよじり、同時に足を持ちあげた。重みが加わった拍子に彼の腕がはずれたので、その腕の下をすりぬける。グラントはまた彼女をつかまえようとして、指をブラウスの襟もとに引っかけた。そのときの勢いで布が裂けてしまった。

破れたブラウスで胸をおおい隠しているジェーンの目から、みるみる涙があふれだした。
「ほら、あなたのせいよ!」グラントに背をむけて、肩をふるわせながらわっと泣きだす。

喉からしぼりだすように激しくむせび泣いている彼女を見て、グラントはのばしかけた腕をまたおろした。いままでのことをすべて忘れ、ただ彼女を腕に抱き、髪を撫でながらなにも心配することはないんだとささやいてやりたくなる。

片方の手で涙をぬぐい、もう片方の手で破れたブラウスを胸にしっかりと押さえつけながら、ジェーンはグラントのほうにむきなおった。「少し考えてくれればいいのよ! どうやってピストルを手に入れたと思うの? それに、トゥレゴがライフルを持ってうしろからあなたに近づいてきたのを教えてあげたでしょ? 彼の顔に血がついていたのに気づかなかったの? 鼻から血を流していたのを覚えてないの? 高地にいるせいで鼻血を出していたとでも思ってるの？　まったく、どうしようもない人ね！」ジェーンは大声でわめき、怒りにわれを忘れて彼の目の前でこぶしをふりまわした。「わたしがあなたを愛してるのがわからないの？」

少しも表情をかえず、石のようにじっと動かずにいたグラントは、胸に強烈なパンチを受けたように息苦しくなった。すべてが一度に襲ってきて、その重みにたじろいでしまう。ジェーンの言ったとおりだ。トゥレゴの顔には血がついていた。だがそのときはまるで気にかけなかった。怒って嫉妬して、裏切られたということ以外はなにも考えなかった。ジェーンは素早く頭を働かせて自分の自由を確保したばかりでなく、チャンスをつかむとすぐ、ぼくを救いに飛びこんできたのだ。倉庫に飛びこんできたときは、ひどく青ざめてとり乱していた。もし、あのときぼくがまだ殴られていたら、トゥレゴの手下どもはジェーンに撃ち殺されていたかもしれない。彼女はぼくを愛していたんだ！　グラントは、自分の顔にあたりそうなほど近くで小さなこぶしをふりまわしているジェーンを見つめた。まったくすばらしい女性だ。勇ましくて、猛烈で、どうしようもないほどかわいい。

グラントはジェーンのこぶしをつかんでぐいと引きよせ、息が苦しくなるほどきつく抱きしめると彼女の髪に顔をうずめた。

ジェーンはまだもがいていた。彼の背中をこぶしでたたきながら叫ぶ。「はなして！お願いだからはなして！」

「はなさないよ」グラントはささやき、彼女のあごに手をそえて顔をあげさせた。そして荒々しく唇をむさぼる。ジェーンは追いつめられた猫のように彼にかみつこうとした。うれしくてしかたがないというような笑みを浮かべながら彼が頭をうしろにそらす。破れたブラウスはどこかにいってしまい、ジェーンの裸の胸が彼のからだに押しつけられていた。それがどんなに柔らかな感触をしていたかが思いだされる。グラントはふたたび荒っぽくキスして、彼女の乳房を手のひらに包み、ベルベットのような肌を愛撫した。

ジェーンは思いがけず熱烈なキスをされてしくしく泣きはじめたが、もう怒る気もうせていた。そして急に、彼にわかってもらえたことに気づいて態度をやわらげる。怒った顔をしてみせようとしてもだめだった。ただグラントの首に腕をまわし、しっかりとしがみついてキスを返すことしかできない。彼の愛撫でジェーンの胸は燃えた。彼の親指で感じやすい肌を刺激され、からだの奥で欲望が渦を巻く。

グラントは片方の手を彼女のヒップにそえて、自分のほうに押しつけた。火がついたのはジェーンだけではなかった。

彼はいったん唇をはなし、ジェーンの額に唇を押しあてた。「許してくれるかい？」

クリスマスの飾りみたいに彼の首にぶらさがって、いったいなんと答えればよいのだろう。「いいえ」ジェーンは男らしい香りを求めてグラントの喉のくぼみに顔をすりよせた。

「その言葉はこの次にけんかするときまでとっておくわ」ほんとうは〝死ぬまでずっと〟と言いたかったのだが、グラントはこうして抱いてくれてはいても、まだ愛しているとは言ってくれていない。その気もなしにそんな言葉を言える人でないことはわかっていたから、むりに言わせようとも思わなかった。

「きみならほんとにそうするだろうな」彼は笑って言いながらしぶしぶ腕をゆるめて、首にしがみついている腕をほどいた。「ずっとこうしていたいが、リモンへ行かなくちゃならない」ジェーンの胸を目のあたりにして、一瞬表情がこわばる。「これがすっかり終わったら、きみをホテルに連れていって、ベッドで徹底的に愛しあおう」

車に戻ると、ジェーンは破れたブラウスをバックパックの中につめこみ、かわりにグラントの迷彩色のシャツを引っぱりだした。ジェーンがふたりは入ってしまいそうなほど大きくて、肩の縫い目が肘のあたりまでさがってくる。彼女はできるだけ上まで袖をまくり、長い裾を引っぱってウエストで結んだ。あまり上品な格好とは言えないけれど、服であることにかわりない。

ふたりが乗ったフォードは早朝にリモンに入った。道路にはほとんど人通りがなかったが、この港町は中ぐらいの規模でかなり人口も多いということがすぐわかった。ジェーンはシートを握りしめた。これでもう危険を脱したのかしら。トゥレゴは乗り捨てたトラックにうまくだまされたの？

「これからどうするの？」

「すぐだれかに連絡をとって、今夜ここから連れだしてもらう。朝までは待てない」

グラントは前にもリモンに来たことがあるらしく、迷うことなく車を走らせた。駅の前で車がとまったので、ジェーンは当惑したように彼を見た。

「列車に乗るの？」

「違う。だがここには電話がある。さあ、おいで」

リモンは孤立したジャングルの村でもなく、森林のはしにあるちっぽけな町でもなかった。どこから見てもれっきとした都市だ。さすがにライフルはステーションワゴンの中に置いていかなくてはならなかったが、彼はブーツにピストルを押しこんだ。武器を持っているように見えなくても、行く先々で人々の注意を引かずにはおかないだろうとジェーンは思った。ふたりとも戦争から帰ってきたばかりのように見える。いや、事実、戦ってきたのだ。切符売場の係がふたりを好奇の目で見たが、グラントはそれを無視してまっすぐ電話のほうにむかった。まずエンジェルという人物に電話をかけ、きびきびした声で電話番号を聞いた。いったん電話を切るとさらにコインを入れ、別の電話番号をまわした。

「だれにかけてるの？」

「古い友人だ」

古い友人の名前はビンセンテと言った。グラントは非常に満足した顔で電話を切った。

「彼らがここから連れだしてくれる。もう一時間もたてば自由の身になれるよ」

「彼らってだれ？」

「よけいな質問はするな」

ジェーンはグラントをにらんだが、すぐ別のことに注意を奪われた。「それじゃあ、ここにいるあいだに少し身なりを整えたほうがよくない？　あなた、すごい格好してるわよ」

トイレはすぐに見つかった——ありがたいことにだれもいない。グラントが顔を洗っているあいだにジェーンは髪をとかしてうしろでゆるく三つ編みにする。それからタオルを濡らし、グラントの腕の傷をきれいにぬぐった。弾丸は入りこんではいなかったが、ひどくすりむけて、傷はかなり深かった。香りのきつい石けんで傷を洗ったあと、彼女はバックパックから救急セットをとりだした。

「近いうちに、その中になにが入ってるか見せてもらいたいな」グラントがうなりながら言う。

ジェーンは小さなアルコールのびんのふたをとり、傷の上にふりかけた。グラントが鋭く息をのみこんで、たまりかねたように声をあげる。「そんな赤ん坊みたいな声を出しちゃだめよ。撃たれたときは、こんなに大さわぎをしなかったでしょ」

彼女は傷口に抗生物質の軟こうをすりこみ、腕にきちんと包帯を巻いてはしを結びあわせた。救急セットをもとに戻し、ふたたびバックパックを背負う。

ドアを開けて外に出ようとしたグラントが、急にあとずさりしてドアを閉めた。「トゥレゴだ。何人か部下を連れて、ちょうど駅に入ってきたところだ」目を細め、警戒するように周囲を見まわす。「窓から出よう」

高いところに並んだ小さな窓を見て、ジェーンはうろたえてしまった。頭よりもずっと上にある。

「あんなところまでのぼれないわ」

「のぼれるとも」グラントは身をかがめると、彼女の膝のあたりを抱えて窓にとどくまで持ちあげた。「ひとつ開けて、そこから外に出ろ。早く！　時間がない」

「でもあなたはどうやって――」

「ぼくはひとりでのぼれる。ジェーン、その窓から外に出ろ！」

ジェーンは取手をねじってドアを開けた。地面までどのくらい距離があるのだろうと考えるのもやめて、窓枠をつかむ。反対側にからだをおろし、鉄道の枕木(まくらぎ)かなにかにぶつかって死にたくないと思いながら暗闇の中に飛びおりた。砂利の上に両手をついて着地し手のひらを切ってしまったが、叫び声をあげそうになるのをぐっとこらえる。邪魔にならないようにすぐその場所からはなれると、一瞬後にはグラントが彼女のかたわらに着地した。

「だいじょうぶか？」グラントがジェーンを立たせながら聞く。

「ええ、なんとか。骨は折れてないわ」彼女は息を切らしながら答えた。

うしろにジェーンを引きずるようにしながら、彼は建物に沿って走りはじめた。後方で一発銃声が聞こえたが、速度をゆるめたりふりかえったりはしない。途中ジェーンがなにかにつまずいたが、彼が手を握っていたおかげで転ばずにすんだ。

「フォードに戻るわけにはいかないの？」

「だめだ。このまま走っていくしかない」

「どこへ？」

「ヘリが来る場所だ」

「ここからどのくらいあるの？」

「そんなに遠くはないよ」

「何キロと何メートルってちゃんと言って！」

グラントがジェーンを裏通りの暗い陰の中に引っぱりこむ。彼は笑みを浮かべていた。

「たぶん一キロ半だ」そう言うなり唇を重ねる。グラントの舌が飢えたように彼女の舌を求めた。彼はジェーンをぎゅっと抱きしめた。「きみがトゥレゴになにをしたのか知らないが、やつはひどい顔をしてたぞ」

「鼻をつぶしてやったのよ」

グラントはまた笑った。「ああ、そうらしいな。顔が見えなくなるくらいはれあがっていたよ。きっとあいつはきみのことを忘れないだろうね」

「一生忘れないでしょうね。彼のことは政府に知らせなくていいの?」

「それはあとだ、ハニー。いまはここからぬけだすことだけを考えよう」

12

低空飛行で飛んできたヘリコプターが、巨大な蚊のようにそっと着陸する。グラントとジェーンは、まわりつづけている翼が起こす風にむかって身をかがめ、小さな空地を走って横切った。ヘリコプターの音を聞いて人々が家を飛びだしてくる。

ジェーンはトゥレゴに勝ったよろこびに声をあげて笑いはじめた。グラントが彼女をヘリコプターに押しこむころには、あまり笑いすぎたために涙を流していたほどだった。やったわ！　もうトゥレゴの手は届かない。彼が自分のヘリコプターに乗りこむ前に、わたしたちはコスタリカの外に脱出しているだろう。トゥレゴも国境を越えてまで追ってはこないはずだ。

涙を流しながら笑っているジェーンの気持ちを察したグラントは、彼女にむかって微笑んだ。そして「安全ベルトをしめて！」と大声で言ってから、操縦士の隣に座り、親指を立てて合図する。操縦士がにやりと笑ってうなずくと、ヘリコプターは夜の闇の中へ飛びたった。グラントは操縦士と話ができるようにヘッドホンをつけたが、後部座席にはヘッドホンがない。ジェーンはふたりの会話を聞こうとするのをあきらめて、シートを握りしめ外を見た。夜の空気が渦を巻き、窓のかなたに世界が広がっている。ヘリコプターに乗るのはこれがはじめてだが、ジェット機に乗っているのとはまったく違う感覚だった。ベルベットの闇の中を漂っている感じだ。

長いフライトではなかった。どこの空港に着陸したのかがわかると、ジェーンはのびあがってグラントの肩をつかんだ。「サンホセだわ！」不安に満ちた声で叫ぶ。ここからすべてがはじまったのだ。コスタリカの首都サンホセには、トゥレゴの手下がたくさんいる！

グラントはヘッドホンをはずした。操縦士がエンジンを切ると、ヘリコプターの音がやむ。ふたりに握手をして操縦士は言った。「またお目にかかれて光栄でした。あなたがたがこのあたりに来ていると聞きましてね、できるだけの援助をするようにと連絡がありました。お気をつけて。走ったほうがいいですよ。もうすぐ飛行機の出発時間ですから」

ふたりはアスファルトの上に飛びだし、ターミナルにむかって走りだした。

「どの飛行機なの？」ジェーンがあえぎながらたずねる。

「あと五分ぐらいでメキシコシティ行きの飛行機が出るんだよ」

メキシコシティ！　こんどこそ自由の身だわ！　そう考えると彼女は元気が出てきた。乗客はもうメキシコシティ行きの飛行機に乗りこんでいるようだった。夜のターミナルはがらんとしている。チケットカウンターの係が、近づいてくるふたりをじっと見ていたので、ジェーンはまた自分たちのひどい格好を思いだした。

「グラント・サリバンとジェーン・グリアだ」グラントはきびきびと言った。「チケットがとってあるはずだが」

それを聞いて係員は安心したようだった。「はい、どうぞ」二枚のチケットを手渡しながら、完璧（かんぺき）な英語で答える。「エルネストが機まで まっすぐご案内します」

空港警備員のエルネストが、走りながらふたりを案内した。ちゃんとついてこられるようにグラントが手を引いてくれる。ジェーンはグラントのブーツに隠されたピストルのことをちらりと考えたが、どのカウンターでもノーチェックだった。確かにグラントは顔がきくんだわ。

ジェット機がふたりの搭乗を待っている。笑顔の客室乗務員がいつもとかわらない平静な態度で迎えてくれたので、ジェーンはまた笑いだしたくなった。思ったほどひどい格好でもないのかもしれない。迷彩色の服はアメリカで流行しているし、目のまわりにあざをつくり、唇をはらし、腕に包帯を巻いているグラントは、戦場でひどい目にあったジャーナリストに見えるだけだろう。

ふたりが席についたとたんに飛行機のエンジンがうなりはじめた。シートベルトをしめて、ふたりは互いに顔を見あわせる。もうすぐすべてが終わるのだろうが、まだしばらく一緒にいられる。次の目的地はメキシコシティ。巨大な国際都市だ。店もレストランも――そしてホテルもある。ジェーンはベッドが恋しかった。疲れきっているというのに、そのベッドでグラントと一緒に眠っているところを思い浮かべるとからだが熱くほてってくる。

グラントはふたりのあいだの肘掛けをあげ、ジェーンの頭を自分の肩にもたせかけると彼女を抱きよせた。

「もうすぐだ」彼女のこめかみにむかってつぶやく。「二時間もすればメキシコにつく。自由の身になれるんだよ」

「ついたらすぐにパパに電話するわ。きっとすごく心配してるもの」ジェーンはため息をついた。「あなたもだれかに電話する？　ご家族は、あなたがどこにいたのか知ってるの？」

グラントは遠くを見るような目をした。「いや、みんなぼくがなにをしているかは知らない。家族とはもうほとんどつきあっていないんだよ」

悲しいことだが、グラントのような仕事だと、家族とははなれていたほうがいいのだろう。ジェーンは彼の首に顔を押しつけて目を閉じ、グラントをぎゅっと抱きしめた。もうあなたはひとりじゃないのよと言ってあげたい。

やがてジェーンは眠りに落ちた。グラントも打ち身だらけのからだをリラックスさせると、とうとう疲労に負けて眠りこんだ。ジェーンと一緒にいると心からほっとする。戦いに疲れ燃えつきてしまった戦士が眠ることのできる場所――ジェーンはそんな雰囲気を持った女性だ。

夜が明けて、空が真珠のようなピンク色になるころ、飛行機はメキシコシティに着陸した。ターミナルは早朝のフライトをつかまえようとして走りまわる人々であふれ、さまざまな言葉や方言が飛びかっている。ふたりは、グラントが呼びとめたタクシーに乗りこんだ。

いい香りをさせている木々が広い通りに並んでいる。夜明けの街はとても美しかった。白い建物が早朝の光の中で薔薇色に染まっている。空はすでに深いブルーになり、温かい空気がベルベットのような感触で肌を撫でていった。排気ガスの臭いに混じるオレンジの花の甘い香り。グラントのがっしりした脚から伝わってくる彼のぬくもり。

真っ白な高層ホテルのフロント係は、予約のないふたりになかなか部屋をとってくれなかった。グラントがスペイン語で言いわけをまくしたてているあいだも、黒い目で彼のあざだらけの顔をけげんそうに眺めている。だが、グラントが肩をすくめてポケットの中の札束から二、三枚ぬきだすと、とたんにフロント係は笑顔を浮かべ、問題は解決した。グラントがふたりの名前をサインし、フロント係がキーをさしだす。部屋のほうに歩きかけてから、グラントはふりかえった。「ひとつ言っておくが、だれにも邪魔されたくないんだ。もしだれかがたずねてきても、ぼくらはここにいないと言ってくれ。いいな。疲れて死にそうなんだ。ぐっすり眠っているところを起こされるのはいやだからね」

ものうげだが迫力のあるグラントの言葉に、フロント係はあわててうなずいた。

グラントがジェーンの肩に腕をまわした。一列に並んだエレベーターのほうに歩いていく。中に乗りこみ、彼が十九階のボタンを押すと、ドアが静かに閉じた。うつろな声でジェーンが言う。「もう安心していいのね」

「信じられないかい?」グラントは微笑んだ。


部屋は広々としていた。日光浴のためのテラスがあり、別室にはダイニングテーブルがあって、驚くほどモダンな浴室がついている。ジェーンは浴室をのぞきこんでから、幸福に輝いた笑顔で戻ってきた。「最新の設備がそろっているわ」

グラントはホテルの案内帳を見て、ルームサービスの番号を調べた。そして受話器をとり、大量の朝食を注文する。ほぼ二十四時間ぶりの食事だ。朝食が来るのを待っているあいだ、ジェーンはコネティカットに電話をかけた。電話がつながるのに五分ほどかかる。ジェーンは早く両親の声が聞きたくて気をはりつめながら受話器をしっかりと握りしめていた。

「ママ? ジェーンよ! わたしは無事よ——泣かないで。泣かれたら話ができないわ」

そう言いながら自分でも涙をぬぐう。「パパに事情を話したいの。かわってもらえる？　詳しいことは家に帰ったら説明するわ」父親が出るまでのあいだ、ジェーンはうるんだ目でグラントを見つめていた。

「ジェーン？　ほんとうにおまえか？」父親の声が電話線を通して響いてくる。

「ええ、ほんとうにジェーンよ。メキシコシティにいるの。グラントが助けだしてくれて、いまここについたばかりよ」

父親が喉をつまらせたような音をたてる。こみあげてくる涙を必死に抑えているようだった。「これからどうするんだ？　いつ帰ってくる？　そこからどこに行くんだ？」

「わからないわ」ジェーンはグラントのほうをむいて眉をあげてみせ、受話器を耳からはずした。「次はどこに行くの？」

グラントがかわって受話器をとった。「サリバンです。ここに二、三日滞在して、書類を整えなければなりません。ここまではパスポートなしで来たんですが、アメリカに入国するために少し手続きが必要なんです。ええ、だいじょうぶです。なにかわかったら、すぐ知らせます」

電話を切ってふりかえると、ジェーンが唇をすぼめてこちらを見ていた。「いったいどうやってパスポートを調べられずにここまで来たの？」

「何人かの人間が目をつぶってくれた。それだけのことだ。ぼくらが来るのを知っていたんだ。パスポートはなくしたことにして、アメリカ大使館に再発行してもらう。たいしたことじゃないさ」

「どうしてそんなに素早く準備ができたの？　最初の計画とはずいぶん違ったんでしょ？」

「ああ。だけど、裏で助けてくれた人がいるんだ」確かにサビンは約束どおり、うまく手をまわしてくれたようだ。

「助けてくれたのは、あなたの——昔の仕事仲間なの？」思いきって聞いてみる。

「きみはなるべくなにも知らないほうがいい。すぐになんでも覚えてしまうからね。点火装置をショートさせてエンジンを動かしたときは驚いたよ。前にもやったことがあったのかい？」

「いいえ、でも最初にあなたがやったのを見てたわ」ジェーンはまったく無邪気な目をして言った。

グラントはうなるような声を出した。「子どものように無邪気な目をしてるくせに、きみって人はぬけ目がないんだな」

ドアをノックする音がして、ルームサービスです、という抑揚のない声が聞こえた。グラントはのぞき穴から外を見てチェックすると、ドアのロックをはずし、若いボーイを中に入れた。コーヒーの香りが部屋いっぱいに広がる。ボーイがテーブルの上に食べものを並べているあいだ、ジェーンはそのそばをうろうろしていた。

「見て！」ジェーンは小声で言った。「新鮮なオレンジとメロン。トースト。アプリコットデニッシュ。卵。バター。ほんもののコーヒー！」

「よだれが出てるぞ」グラントはボーイにたっぷりとチップをやりながら、からかうように言ったが、彼も空腹であることにはかわりがなかった。ふたりはずらりと並んだ食べものをまたたく間に片づけてしまった。なにからなにまですっかりたいらげ、コーヒーポットも空になると、ようやくふたりは顔を見あわせてにっこりした。

「やっと人間らしい気分に戻れたわ。次は熱いシャワーよ！」

彼女はブーツのひもをほどき、足の指を上下に動かしながら、安堵のため息をついた。グラントのほうを見ると、彼女の大好きな少しゆがんだ笑みを浮かべてこちらを見ている。ジェーンの心臓の鼓動が速くなった。

「一緒にシャワーを浴びない？」

浴室のほうにゆっくりと歩きだしながら無邪気に声をかけた。

顔をあげ、温かく心地よいシャワーを浴びていると、浴室のドアが開いてグラントが入ってきた。ジェーンはふりむき、目から水滴を払ってにっこりしたが、彼のわき腹や下腹部があざだらけになっているのを見て表情をくもらせた。「まあ、グラント」そうささやきながら黒っぽいあざの上に指を滑らせる。「かわいそうに――」

グラントは目を細めジェーンを見た。からだのあちこちが痛むけれど、骨はどこも折れていないしあざもそのうち消える。もっとつらい思いをしたことは何度もあった。もちろん、あのままトゥレゴの部下に好きなだけ殴らせていたら、内臓破裂で死んでいたかもしれないが、とにかくすべては終わったのだ。気にすることはない。彼はジェーンのあごに手をやって上をむかせた。

「きみだってあざだらけだよ、ハニー。ぼくならだいじょうぶさ」グラントはジェーンの唇をふさぎ、からだを抱きよせた。

濡れた裸のからだがふれあった。そのすばらしい感触がふたりを熱くさせ、欲望の炎をともす。石けんをこすりつけて洗い流すという単純な動作が、いつしかめくるめく愛撫にかわっていった。ジェーンの手がグラントのたくましい筋肉の上を滑り、グラントの手はジェーンのからだの柔らかなカーブに沿って動く。彼はジェーンを抱きかかえて上体をそらせると、胸に唇を押しあてた。優しい香りが漂う肉体のみずみずしさを味わう。ジェーンは身をくねらせ、脚をからませた。彼は熱にうかされたようなしぐさで、からだをぐいぐいと押しつけた。

グラントとひとつになりたい！　ジェーンのからだはふるえ、燃えあがった。急にベッドがはるか遠くに行ってしまったように思われた。ジェーンが脚を開いて彼の腰に巻きつけると、グラントはかすれたような声をあげて、彼女を壁に押しつけた。ぴったりとからだをよせて、奥のほうまで一気に入りこんでくる。彼女は身をふるわせた。グラントはジェーンの頭をそらせると、シャワーの雨に打たれながら荒々しく舌をからませてキスをした。力強い彼の動きに、ジェーンの意識がかすむ。やめないで、とすすり泣くような声をもらしながら、彼女は彼にしがみついていた。もちろんグラントも、このままやめることなどできなかった。頭の中に靄がかかったようになり、自分を包みこむジェーンのからだの柔らかさだけを感じていたかった。

耐えられないほどの快感の波にさらわれて、ジェーンは何度も何度も声をあげた。小刻みに身をふるわせながら、しっかりとグラントの肩を抱きしめる。ベルベットのようなジェーンのからだに包まれてグラントはもう我慢できなくなり、ついにのぼりつめた。気が遠くなっていくような、それでいてからだに力がみなぎるような不思議な感覚に襲われて、思わず大声をあげてしまいそうになる。

ふたりはやっとのことでベッドにたどりついた。ジェーンはタオルでからだをふくだけで力を使いはたしてしまい、かろうじて歩いているような状態だったし、グラントもからだ中の筋肉をふるわせていた。ふたりは髪のしずくで枕が濡れるのもかまわず、ベッドに倒れこんだ。

グラントがジェーンのほうに手をさしのべる。「ここにおいで」低く響く声でそう言うと、自分のからだの上に彼女を抱きよせた。ジェーンは幸せそうに目を閉じて、彼の広くてかたい胸に身をあずける。グラントが彼女の脚を広げて少しずつからだを重ねてくる。彼女はまばたきをして目を開いた。唇からよろこびの声がもれてくるが、もう眠くてしかたがない——。「さあ、これで眠れるぞ」グラントはジェーンの髪に押しあてた唇を動かして言った。

目をさますと、カーテンごしにさしこむメキシコの太陽の光で、部屋の中は暑くなっていた。ふたりの肌が汗ではりついている。グラントは起きあがるとクーラーのスイッチを最強にして、裸のからだに冷たい風を浴びた。それからベッドに戻り、ジェーンをあおむけにする。

その日ふたりは、ほとんどベッドからはなれなかった。愛しあって、少し眠って、目をさますとまた愛しあった。敵に追いつめられる緊張感から解放されたいまは、ただ一緒にいたいという気持ちでいっぱいだった。グラントは、ジェーンがこらえきれないよろこびに打ちふるえるまで、彼女のすべてを味わい、いつくしんだ。

ジェーンは何度も「愛してるわ」と言った。すぐに現実がふたりのあいだを裂いてしまうだろうと思うと、その言葉を言わずにはいられなかった。

夜になって、ようやくふたりは部屋を出た。メキシコの夜は暖かかった。手をつないで歩きながら、遅くなっても開いている店を捜しだした。ジェーンは日に焼けた肌によく合うピンクのサンドレスと、サンダルと、新しい下着を買い、買いものが苦手なグラントのかわりにジーンズとローファーと白いポロシャツを選んだ。

「あなたも着がえたほうがいいわ」彼女は、グラントを化粧室のほうに押しやった。「今夜は外でお食事しましょ」

グラントはジェーンの言うとおりにした。ふたりは、ほの暗いレストランで、ワインのボトルをあいだにはさんでむかいあった。彼は、そのときになってようやく、こんなに打ちとけた気分で女性と話をするのははじめてであることに気づいた。引退したあとは農場に引きこもり、何週間も人に会わないようなこともあった。やむをえず町に買いものに行くときは、だれとも口をきかずにまっすぐ帰ってくることが多かった。そばに人がいることが耐えられなかったからだ。しかしいまは、こんなにたくさんの人に囲まれていながら、すっかりくつろいでいる。他人がまわりにいることが気にならない。きっと、全神経をジェーンに集中させているからなのだろう。

ジェーンはエネルギーにあふれ、輝いているように見えた。茶色の瞳をきらめかせ、日に焼けた肌をつやつやと光らせながら、はつらつと笑う。サンドレスの上からでも胸の形がわかった。レストランの中が涼しいために乳首がはりつめている。それを見て、グラントの中でふたたび欲望がわき起こった。一緒にいられる時間はもうあまり残っていない。間もなくアメリカに戻り、彼の任務は終わってしまう。もっと時間が欲しかった。まだ彼女のからだの奔放なみずみずしさを味わいつくしていないし、心をなごませる彼女の笑い声をもっと聞いていたかった。

ふたりはホテルに帰ると、ベッドにもぐりこんだ。グラントは、まるでせきたてられるようにジェーンを愛した。これからの長く空虚な日々を耐えていくために、彼女を自分の心に刻みこんでおきたい。ひとりでいる習慣がすっかり身についているグラントには、いくらジェーンと一緒にいたくても、彼女を自分の農場に連れて帰ることなど考えられなかった。また、自分が彼女の世界に溶けこもうとしてもむだだとあきらめていた。

ジェーンにも最後のときが近づいていることはわかっていた。グラントの胸にもたれ、毛布のような暗闇に包まれて、子どものころの話や、どこの学校に行ったか、どんな食べものが好きか、どんな音楽が好きかを話した。それがグラントへの贈りものだった。グラントも、お返しとして、低いハスキーな声で自分の少年時代のことを話してくれた。色がぬけたような金髪だったこと。南ジョージアの夏の日ざしで真っ黒に焼け、沼地を自由に駆けまわっていたこと。歩けるようになるのとほとんど同時に狩りと釣りを覚えたこと。ハイスクール時代はフットボールをやり、チアガールを追いまわし、酔っぱらって騒いだあと、母親に気づかれないように家に忍びこんだりしたこと。

そのときふと、グラントが口をつぐんだ。ジェーンは黙って彼の胸に手をあてていた。これから先の物語は、笑って話せるような話ではないのだろう。

「そしてどうなったの？」そっとささやいた。

グラントは大きく深呼吸をした。「ベトナム戦争が起きたんだ。十八のときに徴兵された。ジャングルの中をこっそり歩きまわるのが得意だったおかげで、前線に送りこまれてしまったのさ。一度休暇をもらって家に帰ったが、みんなは前とかわっていないのに、自分だけが以前とはまったく違っていた。友だちと話もできなかったんだ。だからぼくはベトナムに戻った」

「それでずっとそのまま？」

「そうさ」

「どうしてスパイをはじめたの？　スパイって言っていいのかどうかわからないけど」

「秘密活動だよ。戦争が終わって家に戻ったけど、できることはなにもなかった。なにをすればいいって言うんだ？　食料品店の店員か？　ぼくみたいな店員だと、客は卵の値段を聞くのも命がけだからね。待っていればそのうちなにかいい仕事が見つかって落ちつくこともできたかもしれないけど、じっとしていたくなかった。みんなぼくとはつきあいにくそうだったし、他人になってしまったも同然だったんだ。だから、昔の仲間が連絡してきたとき、その話に乗ったってわけさ」

「でもいまは引退してるでしょ。それからジョージアに戻ったの？」

「二、三日だけ、新しい住所を知らせるために帰ったよ。だけど、落ちつけなかった。ぼくのことを知ってる連中が多すぎるのさ。ひとりになりたかったんだ。だからテネシーの山のそばに農場を買って、それ以来ずっとそこにこもっていた。きみを連れ戻してくれときみのパパに雇われるまでね」

「結婚したことはあるの？　婚約は？」

「ないよ」そう言いながらグラントはジェーンにキスした。「これ以上は聞かないでくれ。おやすみ」

「ねえ、グラント」

「なんだい？」

「ほんとうにあきらめたと思う？」

「だれが？」

「トゥレゴよ」

グラントの声に楽しげな調子が戻った。「ハニー、やつは絶対に片づけられるさ。心配しないで。きみが無事に戻ってきたんだから、これでやつをおとなしくさせられるよ」

「穏やかじゃない言いかたね。〝片づける〟とか〝おとなしくさせる〟ってどういう意味なの？」

「みんながよく知っている中央アメリカの刑務所でしばらく優雅に暮らしてもらおうってことさ。さあもう眠ろう。おやすみ」

ジェーンは彼の言葉に従って眠りについた。しっかりと彼の腕に抱かれ、満足そうな微笑みを浮かべながら。

だれかがまた陰で助けてくれたのだろう。ジェーンの父親かもしれないし、グラントの謎の友人かもしれない。もしかしたらグラントが大使館を脅したのかもしれない。理由はわからないが、とにかく翌日の午後にはパスポートを手に入れることができた。すぐにでもダラス行きの飛行機に乗れたのだが、ふたりはもうひと晩一緒に過ごすことにした。ドアにしっかりと鍵をかけて、キングサイズのベッドで。メキシコシティにいるうちは、まだ脱出計画が完了していないのだというふりをすることができる。しかし両親がジェーンを待っているし、グラントにも帰ってゆくべき生活がある。永遠にメキシコにいるわけにはいかなかった。

ダラス行きのジェット機に乗りこむと、ジェーンの目頭は熱くなった。ダラスから先は、グラントが別々の飛行機を予約したのはわかっていた。ジェーンはニューヨークへ、グラントはノックスビルへ。広くてにぎやかなダラス・フォートワース空港でさよならを言うのだ。しっかり自分を抑えていなければ赤ん坊のように泣き叫んでしまうだろう。グラントはそんなわたしを見たいとは思わないはずだ。もっと長く一緒にいたければ、きっとグラントがなにか言ってくれる。彼女はそう思っていた。でもグラントはなにも言わない。

つまりわたしを必要としていないのだ。別れのときが来るのがわかっていたからこそ、彼女は彼といる時間を精いっぱい楽しんできた。そしていま、その最後のときが目の前に来ていた。

ジェーンは涙をこらえた。航空会社の雑誌を読んで、記事に没頭しようとした。しばらくのあいだグラントの手を握っていたが、機内食が出されると、握っていた手をはなした。ジントニックを注文し、ほとんどひと口で飲んでしまうと、もう一杯頼んだ。

グラントがこちらをじっと見つめている。ジェーンは胸がつぶれそうなのを悟られまいとして、明るく輝くような微笑みをかえした。

飛行機はダラスについた。あまりにも短いフライトだった。ふたりは移動式のトンネルを通って飛行機をおりた。ジェーンは汚れてぼろぼろになったバックパックをつかんで、はじめてその中にグラントのブーツと服が入っているのに気がついた。

「住所を教えてもらわなくちゃ」つとめて明るく言う。「あなたの服を送るわ。それとも空港の中のお店で袋を買う？」飛行機が出るまでに時間はたっぷりあるわ」

グラントは時計を見た。「きみの飛行機が出るのは二十八分後だよ。ゲートを捜したほうがいい。チケットは持ってるかい？」

「ええ、ここに。あなたの服はどうする？」

「きみのパパに会うから、そのことは心配しなくていいよ」

そうだった。グラントは、報酬のためにコスタリカから彼女を連れだしたのだ。グラントの顔には表情らしい表情がなく、その目は冷たかった。ジェーンがひどくふるえているのも気づかずに手をさしだす。「それじゃ、さようなら。あの」彼女は口をつぐんだ。なにを言えばいいの？　お会いできてうれしかったとでも？　ジェーンは喉もとを動かした。

「楽しかったわ」

グラントはさしだされたジェーンの手に目をやり、そして彼女の顔を見た。「そうだね」ゆっくり言って、彼女の手をとり、ぐいと腕の中に抱きよせる。あっけにとられてふたりを見ているまわりの人たちにもかまわず、彼は熱い唇でジェーンの唇をふさいだ。ジェーンはふるえながらグラントにしがみついた。

グラントはジェーンをはなした。

「さあ行くんだ。家族が待ってる」そして、思わずこう言ってしまった。「近いうちに会いにいくよ」これっきりのつもりだった。だが、ジェーンが悲しい目をして思いつめたようにキスにこたえたので、つい口に出してしまったのだ。もう一度だけ。もう一度だけ会ったら終わりにしよう。

ジェーンはうなずいて、背筋をのばした。泣きくずれてグラントにすがりついたりするつもりはない。泣いてくれればいいのにと思っていたのは、逆にグラントのほうだった。

泣いてくれればもう一度彼女を抱きしめる言いわけができる。しかしジェーンは強い女性だった。

「さよなら」そう言うと彼女は背をむけ、歩いていった。

まわりがかすんで見えたが、ジェーンは必死にまばたきをして涙がこぼれないようにした。またひとりぼっちになってしまった。グラントは会いにくると言っていたけれど、きっとわたしには会わないわ。もうおしまいよ。

だれかが彼女の腕にふれた。温かくて力強い男の手だ。狂おしいほどの期待を抱いて立ちどまったが、ふりむいてみると、それはグラントではなかった。髪と目が黒く、肌も浅黒くて、はっきりとラテン系だとわかる顔だちをしている。「ジェーン・グリアさんですね」男はていねいに言った。

どうしてわたしの名前と顔を知っているのだろうと思いながらジェーンはうなずいた。男はしっかりと腕をつかんだ。「一緒に来てもらえますか?」ていねいな調子ではあったが、その言葉には有無を言わせないものがあった。

警戒心が頭をもたげる。めそめそしているときではない。ジェーンは男にむかってにっこりすると、バックパックをふりまわして男の頭にぶつけ、相手をよろめかせた。ごつんというかたい音がした。グラントのブーツがあたったのだ。

「グラント!」ジェーンの悲鳴が何千という人々のざわめきの中で響き渡った。「グラント！」

　男は起きあがって彼女を追いはじめた。ジェーンは身をかわして人をよけながら、いま来た方向に駆けだした。ずっとむこうから、グラントがフットボール選手のように人を押しのけて走ってくるのが見える。男がジェーンに追いついて彼女の腕をつかまえた。そのときグラントが来た。人々は悲鳴をあげて逃げだし、空港の警備員が彼らのほうに走ってくる。グラントは男を殴り倒して、ジェーンの腕をつかみ、とまれという叫び声も気にせず人ごみの中をつっきって、いちばん近くの出口へと走った。

「いったいなにが起こったんだ？」

「わからないわ！　ただあの男がわたしに近づいてきて、ジェーン・グリアかって聞くと、わたしの腕をつかんで一緒に来いって言ったの。だからバックパックで頭を殴って、悲鳴をあげたのよ」

「そうか」グラントはそうつぶやくと、手をあげてタクシーをとめた。ジェーンを押しこみ、自分も彼女のかたわらに滑りこむ。

「どちらへ？」運転手がたずねる。

「繁華街へやってくれ」

「繁華街のどこです？」

「おりる場所についたら言うよ」

運転手は肩をすくめた。タクシーが発車したとき、ターミナルから大勢の人間が飛びだしてきたようだったが、ジェーンはふりかえらなかった。まだふるえている。「トゥレゴのはずはないわよね」

グラントは肩をすくめた。「ありうるな。やつにそれだけの人を使う金があればね。ちょっと電話をかけておこう」

メキシコで二日間も平和なときを過ごし、ジェーンはもうすっかり危険を脱したものだと思いこんでいた。そのために、突然襲ってきた恐怖が前よりも痛烈に感じられ、ふるえをとめることができなかった。

ショッピングセンターの前で、グラントは運転手におろしてくれと言った。「どうしてショッピングセンターに来たの?」ジェーンは周囲を見まわした。

「電話があるからさ。道端の電話ボックスの中に立っているよりもここのほうが安全だからね」グラントはジェーンに腕をまわし、しばらく彼女を抱きしめていた。「そんなに心配しないで、ハニー」

ふたりは中に入り、公衆電話を見つけた。ジェーンはグラントのそばに立って、彼がコインを入れ、ダイヤルをまわして、さらにコインを入れるのを見ていた。グラントはさりげなく電話の横の石の壁にもたれ、呼びだし音を聞いていた。

「サリバンだ」やっと相手が出たようだ。「空港でジェーンがつかまるところだったぞ」

グラントはしばらく相手の話を聞くと、ジェーンをちらりと見た。「ああ、わかった。そっちに行くよ。それにしても、やりかたがまずかったな。ジェーンはあの男を殺しちまったかもしれないんだぞ」グラントは電話を切って、にっこりとした。

「なんて言ってたの？」

「きみは諜報部員をぶん殴ったんだ」

「諜報部員ですって？　あなたのお友だちの部下？」

「そうだ。おかげで少々まわり道をすることになった。きみに説明をしてもらわないとね。あれはきみを迎えにいくようにと言われた彼の部下だったんだ。きみがひとりになったところで話しかけようと思っていたらしい。ぼくはもうこの世界の人間じゃないし、公式にはこの事件にかかわりがないことになっているからね。サビンはこっぴどく部下をしかるだろうよ」

「サビンって？　あなたのお友だち？」

グラントは微笑んだ。「そうだ」彼は指で優しくジェーンの頬を撫でた。「でも、サビンって名前だけは、すぐに忘れるんだよ、ハニー。家族に電話して、今夜は帰れないと知らせたほうがいい。帰るのは明日になるからね。はっきりしたことがわかったらまた電話すればいいさ」

「あなたも一緒に来るの？」

「このチャンスは逃さないよ」グラントは、ジェーンに会ったときのサビンの反応を思って、にやりと笑った。

「でもどこに行くの？」

「バージニアだ。だが家族には言わないで。飛行機に乗りそこなったってことにしておこう」

ジェーンは電話にのばしかけた手をとめた。「あなたのお友だちは、きっとかなりの大物なのね」

「影響力は少しばかりあるね」グラントは控え目な言いかたをした。

それなら、彼らはマイクロフィルムのことを知っているのね。心の中でそう思いながらジェーンはダイヤルをまわした。この事件がこれですっかり終わると思うとうれしい。それに、あと一日グラントが一緒にいてくれる。でも、あとたった一日だけ！　刑の執行をのばしてもらったような感じだった。もう一度さよならを言えるだけの気力が残っているかしら、と彼女は思っていた。

13

バージニア州の田園地帯にあるその場所は、静かで落ちついていた。木々の緑が映え、花の咲いた庭木は手入れがゆきとどいている。ジェーンの父親のコネティカットの邸宅にどこか似ているところがあった。サビンのオフィスはいつもとかわらぬ場所にあり、例によってドアには表札が出ていない。ふたりを案内してきた諜報部員が静かにノックした。

「サリバンが来ました」

「中に入れなさい」

ひと目でジェーンは、その古風な部屋に魅せられてしまった。天井が高く、暖炉はきっと百年以上前に家が建てられた当時のものだろう。大きなデスクのうしろにあるガラスのドアから午後の日ざしがさしこんで、デスクのむこうに座っている男性がシルエットになっている。ドアから入ってくるものはみんな、輝く日の光に明るく照らしだされるというわけだ。ふたりが入っていくと男は立ちあがった。グラントほどではないにしても、背が高く、ぜい肉のない引きしまったからだをしている。デスクの前に座っているだけでは、こんな体型を維持することはできない。

彼はふたりを歓迎しようと進みでた。「ひどい顔だな、サリバン」グラントと握手をしてから視線をジェーンのほうにむける。彼女はそのときはじめて、その男に人を圧倒する強烈な力があるのを感じた。光をすっかり吸収してしまうような黒い瞳。ふさふさとした黒い髪、顔も浅黒く、ジェーンがひるんでしまうほどの力に満ちていた。

「あなたがミス・グリアですね」

「ミスター・サビンですね」ジェーンも言って、穏やかに握手をした。

「ダラスではうちのものがたいへん失礼をしたようだね」

「そんなことないさ」グラントがジェーンのうしろから口を出す。「彼女が簡単にやっつけてしまったからな」

「バックパックの中にグラントのブーツが入ってたんです。だからあんなことになってしまって――」ジェーンは弁解した。

サビンの目に意外そうな表情が浮かぶ。グラントはジェーンのうしろで腕を組み、サビンの反応を待っていた。

サビンは、彼女のあけっぴろげな表情と、猫のように少しつりあがった茶色の目と、ほお骨のあたりの明るい色のそばかすをじっくり眺め、グラントにちらりと目をやった。グラントはジェーンのうしろで仁王立ちになっている。彼女に質問するのはかまわないが、困らせるようなことをしたら許さないとでも言いたげだ。女性に心を奪われるとはサリバンらしくもないが、もうこの世界の人間ではないのだから、まあしかたがないだろう。美人というのではないが、ジェーンには思わず人を微笑(ほほえ)ませるようないきいきとした魅力がある。ふたりのあいだにはさぞいろいろなことがあったのだろうな、とサビンは思った。

「ミス・グリア」サビンはゆっくりと言った。「ご存じでしたか？　ジョージ・パーサルが——」

「ええ、知っていました」ジェーンは明るく彼の言葉をさえぎった。「ときどき仕事を手伝いました。彼は毎回違った方法をとりたがったので、そう頻繁にではありませんでしたけど。お知りになりたいのはそういうことでしょ？」そう言ってバックパックを開いて中を探る。「この中にあるはずなんだけど——あったわ！」小さなフィルムケースをとりだして、テーブルの上に置いた。

とたんに、ふたりの男たちは雷にでも打たれたような顔になった。「ずっとそうやって持ち歩いていたんですか？」信じられないというようにサビンがたずねる。

「ほかに方法がなかったんです。ポケットに入れておいたこともありました。トゥレゴがいくらわたしの部屋を捜しても、なにも見つけられなかったわけです。あなたがたのような人はみんな、なんでも複雑に考えすぎるのね。でも、ジョージはいつも、あまりむずかしく考えるなって言ってましたから」

グラントはおかしくて我慢できなくなり、ついに声をあげて笑いはじめた。「ジェーン、どうしてぼくにマイクロフィルムを持ってるって教えてくれなかったんだ?」

「知らないでいるほうが安全だと思ったのよ」

サビンはふたたび雷に打たれたような顔つきになった。グラント・サリバンのような男を守ろうとする人間がいるなんて信じられなかったからだ。

ふだんのサビンはとにかく冷静な男だった。ところが、その彼までが、ジェーンに会ったとたんに動揺してしまったらしい。グラントは彼の顔に浮かんだ驚きの色を見てとった。サビンはごまかそうとして、咳払いをしている。「ミス・グリア、フィルムにはなにが写っているか知っていますか?」彼はおそるおそるたずねた。

「いいえ、ジョージも知らなかったわ」

グラントはまた笑いだした。「サビン、フィルムのことを話してやれよ。いっそのこと、見せてやったらどうだ?」

あきれたようにサビンは首をふって、フィルムを手にとり、中身を引きだした。グラントがライターをとりだし、フィルムのはしに火をつける。三人は、炎がゆっくりとセルロイドの帯を焼きつくしていくのを見守った。

中身が燃えてしまうと、サビンは灰皿の中に燃えかすを落とした。「だれにも見られないうちにこれを抹消するのがわれわれの目的だった」

　ジェーンは、フィルムの残りが丸まってぼろぼろになるのを静かに見ていた。このフィルムを守るためにジャングルの中を歩きまわり、大陸を半分縦断してきたのだ――それがいまでは灰のかたまりになってしまった。ジェーンの唇がぴくりと動き、とうとう笑いはじめた。ふりかえってグラントを見る。ふたりの脳裏に、一緒に経験してきたすべての思い出がよみがえった。ジェーンはまたくすくす笑いだし、それからグラントも一緒になって声をあげて笑いはじめた。笑いすぎて膝の力がぬけてしまい、彼のシャツにしがみついた。

「崖から落ちたのよ」ジェーンはあえぎながら言った。「トラックを盗んで――別のトラックを撃って――トゥレゴの鼻をつぶして――それもこれも、このフィルムが灰になるのを見るためだったのね！」

　グラントは腹をかかえ、からだをふたつに折って、前よりもいっそう大きな笑い声をあげた。サビンはお互いにしがみついて笑いころげているふたりを見て、興味深そうにたずねた。「どうしてトラックなんか撃ったんだ？」そう聞きながら、彼もまた笑いはじめる。

　諜報部員がひとり、ドアの外で立ちどまり、耳をそばだてて中の物音を聞きながら考えていた。嘘だ。こんなことはありえない。サビンが笑うことなど絶対にないはずだ。

　ふたりはワシントンＤＣの中心にあるホテルでベッドに横たわり、心地よい疲れに身をまかせていた。ドアをロックするやいなや、ベッドに倒れこみ、衣服を脱ぐ時間もおしんで愛しあったのだった。それから何時間もたち、いまはふたりとも裸になって、眠りに落ちようとしている。

グラントはゆっくりとジェーンの背中を撫(な)でていた。「パーサルの活動には深くかかわっていたのかい？」

「そうでもないわ。スパイとして使われたこともあったけど、それも回数は多くなかったのよ。それでも、あの人はいろんなことを話してくれたわ。寂しかったのね」

「パーサルはきみの恋人だったのか？」

ジェーンは驚いたように、グラントの胸から顔をあげた。「ジョージが？　もちろん違うわ」

「でも、彼だって男だろう？　それに死んだときはきみの寝室にいたんだぞ」

ジェーンは一瞬ためらった。「ジョージは――だれともそういう関係を持てないからだったの」

「報告書のその部分はまちがっていたんだな」

「わざとやったことよ。ジョージはわたしを一種の隠れみのにしていたから」

グラントはジェーンの顔を両手に包みこんでキスをした。

「それを聞いてうれしいよ。きみの相手にしては、彼は年をとりすぎているものな」

「あの人が年をとっていなくても、興味は持たなかったと思うわ。わかってるでしょ？　わたしにはあなただけなの。あなたに出会う前はだれとも――だれとも結ばれたいと思わなかったのよ」

「それでぼくと出会って――？」

「心から結ばれたいと思ったわ」ジェーンはグラントにキスを返した。

「ぼくもだ」グラントがささやく。

「愛してるわ」その言葉は最後の悲痛な叫びだった。このチャンスに賭(か)けてみなければ、ほんとうにこれっきりになってしまう。「結婚してくれる？」

「ジェーン、やめてくれ」

「やめろってなにをやめるの？　愛してるって言うこと？　それとも結婚してくれって頼むこと？」ジェーンは起きあがってグラントの上に乗り、髪を肩のうしろにふり払った。

「一緒に暮らすのはむりだ。生きてきた世界が違いすぎる。きみがつらい思いをするだけだよ」

「どっちにしてもつらいのは同じよ」ジェーンはつとめて明るい調子で言った。「ひとりでつらい思いをするより、あなたと一緒のほうがいいわ」

「ぼくは一匹狼(おおかみ)なんだよ。結婚というのはふたりで協力してゆくものだろう？　でもぼくはなんでもひとりでやりたいんだ。よく考えてごらん、ハニー。ベッドではいいパートナーかもしれないが、ただそれだけさ」

「あなたにとってはそうかもしれないわ。でもわたしはあなたを愛してるの」どうしても声に悲痛な響きが混じり、せっぱつまったような言いかたになってしまう。

「ずっと緊張を強いられてきたからね、お互いに安らぎを求めるのは人間として当然のことだ」

「お願いだから、軍隊で学んだ心理学を押しつけないで！　わたしは子どもでもないし、ばかでもないわ！　愛してるのか愛してないのかぐらい自分でわかるのよ。わたしはあなたを愛してるの！　あなたの気に入らなくてもしかたがないけど、わたしを言いくるめようとするのはやめて！」

「わかったよ」グラントは寝ころんだままジェーンの怒りに満ちた目をのぞきこんだ。

「もうひとつ部屋をとろうか？」

「いいえ。一緒にいられる最後の夜ですもの。ふたりで過ごしたいわ」

「けんかをしていても？」

「そうよ」

「きみとけんかはしたくないよ」グラントはそう言って、急に起きあがると、あっという間にからだを入れかえた。下になったジェーンが驚いて目をしばたたかせる。次の瞬間には脚が高く押しあげられて、グラントがゆっくりと入ってきた。ジェーンは目を閉じた。

「そうね、残された時間は愛しあうために使うのがいちばんだわ」

ジェーンはそれ以上、なにも言おうとはしなかった。グラントがどれだけ頑固な人間であるかは経験でわかっている。そのかわり彼女は、グラントがけっして自分を忘れないように、そしてどんな女性も与えることができないよろこびを与えるように、時間をかけてグラントを愛した。それがさよならのかわりだった。

夜遅くなって、ジェーンはグラントの胸にもたれながら言った。「あなたはこわがっているのよ。自分の信じていた世界が崩れるような目に何度もあったから、人を愛せなくなってしまったんだわ」

グラントはうんざりしたように答えた。「ジェーン、そのことはもう考えないでくれ」

「わかったわ。でもあとひとつだけ言わせて。賭けてみる気になったら、わたしをつかまえに来て」

次の朝早く、ジェーンはそっとベッドをぬけだした。眠りが浅いグラントのことだから彼女がシャワーを浴びたり服を着たりしているあいだに目をさまさないはずはない。だが彼は寝がえりも打たず、まったく目をさます気配も見せなかった。ジェーンは彼の演技にだまされたふりをして、キスもせずそっと部屋を出た。どうせさよならはもう言ってしまったのだ。

ドアが閉まる音がしたとき、グラントは寝がえりを打って、沈んだ目でからっぽの部屋を見つめた。

　ジェーンと両親は、お互いに駆けよって抱きあうと、泣いたり笑ったりしてよろこびをかみしめた。そんな歓迎が何時間も続いたので、ジェーンが父親とふたりきりになれたのはその日の夜遅くなってからだった。父親にはほとんど隠しごとをしたことがない。しようと思っても見すかされてしまうからだ。ふたりは暗黙のうちに、母親を驚かせるようなことはふたりだけの心にしまっておくことにしていた。

　ジェーンはコスタリカで起きたことを包み隠さず父親に話した。敏感な父親は、ジェーンがグラントのことを話すときの微妙な声の変化を聞き逃さなかった。

「サリバンに恋してるんだろう？」

　ジェーンはワインをすすりながらうなずいた。「あの人に会ったでしょ？　パパはどう思った？」父親の人を見る目を信頼していた彼女にとって、その答えは大きな意味を持っている。

「ちょっとかわった男だな。あの目がこわいような気さえしたよ。だが彼にならおまえの命をあずけられると思った。こんな答でいいのかね」

「あの人が家族の一員になってもいい？」

「大歓迎さ。彼ならおまえをひとつのところにつなぎとめておけるだろう」

「結婚してほしいって言ったんだけど、断られたの。でもわたし、あきらめないわ」

父親は明るくにこやかに笑った。ジェーンと同じ笑顔だ。「なにをたくらんでる?」

「彼が経験したことのないようなやりかたで追いかけるのよ。ここに一週間か二週間いて、それからヨーロッパに行くわ」

「だが彼はヨーロッパにいるわけじゃないだろう」

「わかってるわ。遠くから追いかけるのよ。わたしがいないとどんなに寂しいかわからせるためにね。遠くにいるとわかれば、もっとわたしのことが恋しくなるはずでしょ?」

「でもどうやって遠くにいるとわからせるんだ?」

「なんとかするわ。もしうまくいかなくても、ヨーロッパ旅行を楽しめばいいんだしね」


ジェーンがいないとこんなに寂しいものだとは、思ってもみなかった。ふとジェーンがなにか言ったような気がして、ふりむいてみるのだが、やはりだれもいない。夜になると思いはますますつのるばかりだった。ジェーンの柔らかな重みを感じていないともう眠れなくなっていた。

グラントは仕事に打ちこんでつらさを忘れようとした。山積みになっていた農場の雑用を片づけるには、たっぷり二週間かかった。ジェーンを助けた報酬は借金を返してもまだ十分余っていたので、人を雇うこともできたのだが、彼はあえてそうしなかった。はじめてこの農場に来たとき、仕事は彼にとって病んだ心を癒す手段だった。あのころはまだ、けがで弱っていたし、神経もひどくはりつめていて、夜中に松ぼっくりが落ちただけでもベッドから飛びだしてナイフを手にしたほどだった。

だからいまもこうして太陽の下で骨の折れる仕事に精を出し、心を癒しているのだ。新しく柵をつくるために穴を掘り、納屋を修理してペンキを塗る。屋根をふきなおし、農場と一緒に手に入れた古いトラクターで畑を耕した。来年はもっとたくさん苗を植えよう。

これまでは自分が食べる野菜を少しつくっていただけだが、これからは作物のことをきちんと考えて農場経営をしたほうがいい。金持ちにはなれないだろうが、なんとかやっていけるはずだ。土地を耕していると平和な気分になる。まるで、ベトナムに行って人間がかわってしまう前の、少年だった自分とふれあっているような気分だった。

山と土がグラントの心を癒してくれた。だが、あまりにもゆっくりとした変化だったので、いまになるまで自分が立ちなおっていたことに気づかなかった。たぶん、ジェーンがふたたび笑うことを教えてくれたときに心の傷が完治したのだろう。

一緒に暮らせるなどと思うなと言ったのはぼくのほうだ。その言葉に従って、ジェーンはあの静かな朝、なにも言わずに去ってしまった。ジェーンはぼくを愛している。それは自分にもわかっていた。ふたりが結ばれたのは愛のためではなく緊張のせいだと言ってはみたけれど、それが言い逃れであることは彼女にもぼくにもわかっていた。

なんてことだ。彼女のことが恋しくて、心が痛む。こんな思いをするくらいだったら、愛しているとすなおに打ちあけたほうがいいのかもしれない。少なくとも、このままでいることはできなかった。彼女のことが頭からはなれない。彼女がいなくなってからというもの、心にはうめることのできない穴がぽっかりとあいたままだ。ジェーンは正しかった。ぼくは、また傷つくのがこわくて、自分の気持ちに正直になれないでいるだけだ。しかしこのままでも、ぼくはもう十分傷ついている。だったら、ジェーンをこの手につかまえているほうがずっとましだ。

グラントは、ジェーンを見つけるのがこんなにたいへんだとは思っていなかった。彼女の父親に電話して住所を教えてもらえばいいと思っていたが、ことはそう簡単には運ばなかった。ジェーンが相手だと、すんなりと行くことなどひとつもない。

まず、ジェーンの父親と連絡をつけるのに三日かかった。彼女の両親は町から出ていて、家政婦はジェーンの居場所を知らなかった。なにも言うなと指示されていたのかもしれない。グラントはいらいらしながら三日間待って、やっとジェームズと話すことができた。

「ジェーンはヨーロッパにいるよ」ジェームズはあっさりと言った。「一週間ぐらいここにいたが、また行ってしまったんだ」

グラントは腹がたってきた。「なぜヨーロッパなんかに？」

「よくは知らない。はっきり言わんのだよ。ジェーンがどういう娘かわかっているだろう?」

「電話は?」

「ああ、二、三回かけてきたかな」

「ミスター・ハミルトン、どうしても彼女と話がしたいんです。また電話がかかってきたら、どこにいるか聞いて、そこでじっとしているように言ってくれませんか?」

「二週間くらいかかるかもしれないな。定期的にかけてくるわけではないんだ。しかし、もし急ぐのなら、あれの居場所を正確に知っている人がいるかもしれない。きみの友人に連絡をとったと言っていた——ええと、名前はなんと言ったかな?」

「サビンですか?」グラントは歯ぎしりをした。

「そうそう、サビンだ。彼に電話したらどうだ? ずいぶん時間の節約になるぞ」

グラントはサビンに電話したいとは思わなかった。それより直接会って、彼をしめ殺してやりたかった。あいつめ! ジェーンをスパイ網に引きずりこんだのか?

これまでジェーンを捜しまわって時間と金をさんざんむだにしていたこともあって、バージニアについたとき、グラントの怒りはいまにも爆発しそうになっていた。通行許可証がないので、サビンに直接電話をかけてみる。

「サリバンだ。ぼくが本部に入れるようにしてくれ。五分でそっちにつく」

「グラント――」

　さっさと電話を切ったグラントは、その十分後、サビンのデスクに身を乗りだしていた。

「ジェーンはどこだ？」

「モンテカルロだよ」

「なんだと！」グラントはこぶしをデスクにたたきつけた。「いったいどうやって彼女を引きずりこんだんだ？」

「わたしが引きずりこんだわけではない」サビンは冷ややかに言った。「彼女のほうがわたしに電話してきたんだ。あることに気づいたが、わたしも興味を持つはずだと言ってね。彼女は正しかった。実際、わたしにはとても興味深い話だった」

「どうしてきみに電話できたんだ？　きみの電話番号は電話帳にはのっていないはずだぞ」

「わたしも同じ質問をした。どうやらダラスできみがわたしに電話するのを横目で見ていたようだな」

　グラントは目をこすりながらののしるように言った。「そうだ。あのトラックのエンジンをスタートさせたときもそうだった。ぼくのしていることを一度見ただけで、次は自分でやってしまったんだからな」

「電話番号の数字は覚えていたが、順番がわからなくなったらしい。五回目でやっとわたしにつながったと言ってたよ」

「それでいまどんな状況なんだ？」

「なかなか危ない状態だ。彼女はにせ札を山ほどつくっている男に出くわしたんだ。その男はにせのポンドとフランとドル紙幣をつくるためのよくできた原版を持っていてね。いまその原版を売ろうとしているところだ。いくつかの犯罪組織が動いているところさ」

「そうだろうな。で、いったいジェーンはなにをしようとしてるんだ？」

「原版を盗もうとしている」

グラントの顔色は真っ青になった。「そんなことをさせようとしてるのか？」

「やめろ、グラント！」サビンはこらえきれずに言った。「わたしがそうさせたんじゃないのはわかってるはずだぞ！　その男がこのことを知って逃げだす前に、行って彼女をとめなければならないんだ。うちの部員たちがあとをつけてはいるが――」

「わかったわかった。ぼくがジェーンを連れだす」

「どうやって？」

「ぼくが自分で原版を手に入れ、ジェーンをそこから引きずりだして、二度ときみのところに電話をかけないようにしてやる」

「それはありがたい。それで彼女をどうするんだ？」

「結婚する」

サビンの浅黒い顔がなぜか明るくなったように見えた。彼は椅子の背にもたれ、頭のうしろで手を組んだ。「それは驚いたな。だがわかっているのか？　あの娘は普通のものの考えかたをしないぞ」

サビンの言うとおり、それはもう百も承知だ。会ったとたん、ひと筋なわではいかない女だとわかっていた。しかしぼくは彼女を愛している。農場にいれば、もうごたごたを起こすこともないだろう。

「ああ、わかってる。結婚式には呼んでやるよ」

ジェーンは目を輝かせて、フェリックスにむかって微笑んだ。なかなか楽しい人だ。アメリカに大損害を与えようと計画しているにせ札づくりではあったけれど、彼のことがほんとうに気に入っていた。フェリックスは華奢で、はにかんだような目をして、いつも小声でしゃべる男だった。ギャンブルが大好きだったが、救いようのないほどつきがなかった――そう、ジェーンが彼の隣の席に座るまでは。彼女が来てから彼はとんとん拍子に勝ちつづけ、いまではすっかりジェーンのとりこになっている。

お遊びではないにしても、ジェーンはモンテカルロで楽しいときを過ごしていた。グラントはなかなかやってこなかったが、退屈ではなかった。よく眠れなかったり、目をさますとほおが濡れているようなことがあっても、それは我慢しなければならないことだ。グラントがいないと、自分のからだの一部がなくなったような気がする。彼以外に頼れる人はいなかったし、ほかの人の胸に抱かれる気にはなれなかった。

危険な綱渡りをしているおかげでなんとか気をはりつめていることができた。ひとつ心配なのは、これがどれだけ続くかということだ。フェリックスが原版を売り渡す相手を決めてしまったら、すぐに行動を起こさなければならない。

フェリックスはジェーンに会ってから毎晩勝ちつづけていた。その晩もそうだった。豪華なカジノはざわめきに満ちて、シャンデリアが、胸もとや耳にさがっているダイヤモンドと輝きを競っている。フォーマルな夜会服の男たちと、ドレスと宝石を身にまとった女たちが、ダイスやカードの勝負で無造作に大金を賭けている。そのすべてが、ほかのどの場所にもない雰囲気を生みだしていた。ジェーンは肩と背中のあいた黒い絹のドレスを優雅に着こなして、その雰囲気にすんなりと溶けこんでいた。黒いイヤリングが肩までさがり、髪は無造作にねじって頭の上にまとめられている。

テーブルのむこうでフェリックスの手下のブルーノがじっとこちらを見はっている。彼はフェリックスがなかなか行動に出ないのでいらいらしているようだ。彼がフェリックスをだしぬいて原版を売ろうとするかもしれない。そうなる前に、この手で原版を盗みださなくては。

そうよ。もう十分待ったんですもの。もしグラントがその気になったのなら、とっくに姿を現しているはずだわ。

ジェーンは立ちあがってフェリックスの額にキスした。「ホテルに戻るわね。頭が痛いの」

フェリックスはうろたえて彼女を見あげた。「どこかからだがおかしいのかい?」

「単なる頭痛よ。あんまり長いことビーチにいたものだから。あなたはここにいて、ゲームを楽しんで」

フェリックスがびくびくしはじめたので、ジェーンはウインクをした。

「わたしがいなくても勝てるかどうか試してみたら? わたしのせいじゃないかもしれないでしょ」

愛すべきフェリックスは、勇気を奮い起こすと、新たに情熱を燃やしてゲームにとり組んだ。ジェーンはカジノを出ると急いでホテルに帰り、まっすぐ自分の部屋へ戻った。いつ尾行されてもいいように、いつもそれを見越して行動している。

素早くドレスを脱ぎ、クロゼットから黒っぽいズボンと、シャツを出そうとしたとき、彼女は突然口を手でふさがれ、筋肉質の腕にウエストをがっしりとつかまえられた。

「大きな声を出すな」低くて少しハスキーな声が耳もとでささやくのを聞いて、ジェーンの心臓はとまりそうになった。そして手が口からはなれると、うしろむきになってその胸に顔をうずめた。なつかしいあの香りだ。

「ここでなにしてるの？」

「なにをしてると思ってるんだ？」グラントは怒ったように言ったが、彼の手はジェーンの素肌を撫でまわしていた。「連れて帰ったら、お尻をたたいてやるからな。トゥレゴのところから連れだしたと思ったら、こっちがよそを向いてるすきに、また自分からごたごたに飛びこんでいくんだからな」

「ごたごたなんかじゃないわ」

「さあ、服を着るんだ。もう帰るんだから」

「だめよ！　にせ札の原版を手に入れなくちゃならないの。窓から出てなんとかフェリックスの部屋に行こうとしてたのよ。どこに隠したか見当がついてるわ」

「それでもまだごたごたに巻きこまれてないって言うんだな」

「そうよ！　でもほんとうに原版を手に入れなきゃならないの」

「もう手に入れたよ」

ジェーンはふくろうのように目をしばたたかせた。

「あなたが？　でも――どうして？　どうしてこのことを――そうね。ケルに聞いたのね。それで、フェリックスは原版をどこに隠しておいたの？」

ジェーンは楽しんでいる。グラントはため息をついた。「どこだと思う？」

「天井よ。天井の板を一枚はがしてその中に入れたんだと思うわ。このホテルの部屋でものをうまく隠せるのはそこだけだし、あの人はわたしのように銀行の金庫にあずけたりするような人じゃないもの」

「いいや、きみだって銀行なんか使わないよ」グラントは困ったように言った。「あの男がやったように天井に隠すさ」

ジェーンはにっこりした。「正解なのね！」

「ああ、正解だ」グラントはジェーンをうしろむきにして、ヒップを軽くたたいた。「荷物をまとめるんだ。きみの友人は毎晩寝る前に隠し場所を調べるかもしれないから、その前に遠くまで行っておいたほうがいい」

ジェーンはスーツケースを引きずりおろして、服をほうりこみはじめた。

グラントはそんな彼女を見つめていた。ぼくが覚えていたよりもずっときれいだ。ふっくらした乳房。長く形のよい脚。そう言えばまだ会ってキスもしていない。それを思いだすと、ジェーンの腕をつかんでいきなり唇を重ねた。「会いたかったよ」

ジェーンはすぐに彼のキスにこたえた。つま先立ちになり、からだをすりよせ腕を彼の首に巻きつけると、指を髪の中に深くうずめる。グラントの髪は短く整えられていた。

「わたしも会いたかったわ」

グラントはためらいがちにジェーンのからだをはなした。

「この続きはあとのお楽しみだ。ジェーン、なにか服を着てくれないか？」

ジェーンはなにも言わずに緑の絹のズボンと、それに合った緑のチュニックを着た。

「どこに行くの？」

「海岸まで行って原版を諜報部員に渡す。それからパリからロンドンをまわってニューヨークにむかう飛行機をつかまえるんだ」

「もちろん、ブルーノがドアのすぐそばで待っていなければの話ね。そしたらかわりに地中海を航海することになるわ」

「ドアの外にはブルーノはいないよ。急いでくれないか？」

「できたわ」

グラントがスーツケースを持った。ふたりは下の階におりてホテルをチェックアウトする。すべて順調に終わった。ブルーノがいるようすもなく、彼の手下もいない。ふたりは、連絡しておいた諜報部員に原版を引き渡すと、空港へむかった。グラントが車の運転席に滑りこんでシートベルトをしめたとき、ジェーンの心臓はゆっくりと力強く鼓動していた。

「グラント、ここでなにしているのか、まだちゃんと言ってくれていないわ。あなたは引退しているはずよね？　こんなことしていいの？」

「わかりきったことを聞くもんじゃない」グラントは金色の目でジェーンを見た。「きみの計画は最初からわかっていたよ。うまくいったね。ぼくはこうしてやってきた。愛してるよ。テネシーに行こう。そして結婚しよう。だがもうきみのやることはお見通しだからね。それは覚えておいてくれ。自分のやりたいことのためには、きみがいろんな手を使うこともわかってる。さあ、ぼくが言い忘れたことがあるかい?」

「いいえ」ジェーンは座席にからだを落ちつけて言った。「それで全部だと思うわ」

エピローグ

グラントはベッドに横になっていた。腕の中にはジェーンがいる。大きな手を彼女の頭から背中に、そしてヒップの丸いカーブに滑らせる。「きみがいないと眠れなかったよ。きみのベッドがわりになるのに慣れてしまったからね」

ジェーンはなにも言わなかった。だが眠っているわけではなかった。ふたりとも疲れてはいたが、すっかり目がさえている。ひとたびパリについてしまうと、ロンドンに行くのもニューヨークに行くのもおっくうになり、ふたりはそのまま結局ホテルにチェックインした。ずっとはなれていたおかげで、愛の行為はいっそうすばらしいものになった。

「もしあなたが追ってきてくれなかったら、わたしどうしてたかしら」ジェーンはささやいた。孤独な日々の寂しさがその声ににじんでいる。

「来るってわかってただろう?」

「来てくれればいいと思ってたけど、確信は持てなかったわ」

「これからは確信を持っていいよ」グラントはそう言ってジェーンにおおいかぶさった。

「愛してるよ。でも、ぼくはまだ、都会では暮らせそうにない。きみがテネシーの暮らしに満足してくれるといいんだけど。そのことがずっと気がかりなんだ」

ジェーンはゆっくりと微笑み（ほほえ）を浮かべた。「わたしだって都会がそんなに好きなわけじゃないわ。いままで一緒にいてわからなかった？　あなたがいれば、どこでも幸せよ。それに、田舎のほうが子どもを育てるのにはいい場所だもの」

「そのことはまだ話をしてないな。ぼくはすぐにでも子どもが欲しいけれど、きみがもう少し待ちたいって言うのなら、よろこんで待つよ」

ジェーンは指先でグラントの唇のまわりをなぞった。「待とうと思っても、もう遅いわ。もし待つんだったら、ジャングルの中でわたしからはなれていたほうがよかったわね。それにメキシコとワシントンDCでも」

グラントはごくりとつばを飲みこんでジェーンを見つめた。「それじゃあ、そうなのか？」

「ええ。まだはっきりしたわけじゃないけど、そうみたいなの」

「ジェーン、うれしいよ！」

すなおなグラントの気持ちが、温かくジェーンを包んだ。彼のからだに腕をまわし、目を閉じてしっかりと抱きしめる。もはや暗闇（くらやみ）も気にならなかった。グラントが一緒にいてくれるのだから。

＊本書は、2002年11月にMIRA文庫より刊行された『炎のコスタリカ』の新装版です。

炎(ほのお)のコスタリカ

2024年3月15日発行　第1刷

著　者　リンダ・ハワード
訳　者　松田信子(まつだのぶこ)
発行人　鈴木幸辰
発行所　株式会社ハーパーコリンズ・ジャパン
東京都千代田区大手町1-5-1
04-2951-2000（注文）
0570-008091（読者サービス係）

印刷・製本　中央精版印刷株式会社

ISBN978-4-596-53949-6

mirabooks

美しい悲劇
リンダ・ハワード
入江真奈子 訳
帰郷したキャサリンを出迎えたのは、彼女の牧場を取り仕切るルールだった。彼の姿に、忘れられないあの日の記憶と、封じ込めていた甘い感情がよみがえり…。

瞳に輝く星
リンダ・ハワード
米崎邦子 訳
亡き父が隣の牧場主ジョンから10万ドルもの借金をしていたと知ったミシェル。返済期限を延ばしてほしいと頼むが、彼は信じがたい提案を持ちかけて…。

レディ・ヴィクトリア
リンダ・ハワード
加藤洋子 訳
没落した名家の令嬢ヴィクトリアは大牧場主との愛のない結婚生活に不安を覚えていた。そんな彼女はあるガンマンに惹かれるが、彼には恐るべき計画があり…。

天使のせせらぎ
リンダ・ハワード
林 啓恵 訳
早くに両親を亡くし、たったひとり自立して生きてきたディー。そんな彼女の前に近隣一の牧場主が現れる。その目的を知ったディーは彼を拒むも、なぜか心は揺れ…。

ふたりだけの荒野
リンダ・ハワード
林 啓恵 訳
炭坑の町で医者として多忙な日々を送るアニー。ある日彼女の前に重傷を負った男が現れる。野性の熱を帯びた男らしさに心乱されるが、彼は驚愕の行動をし…。

バラのざわめき
リンダ・ハワード
新号友子 訳
若くして資産家の夫を亡くしたジェシカとギリシャ人実業家ニコラス。相反する二人の想いは不器用なまでにすれ違い…。大ベストセラー作家の初邦訳作が復刊。

mirabooks

あどけない復讐
アイリス・ジョハンセン
矢沢聖子 訳

復顔彫刻家イヴ・ダンカンのもとに届いた、少女の頭蓋骨。8年前に殺された少女の無念が、闇に葬られた真実と新たな陰謀、運命の出会いを呼び寄せる…。

霧に眠る殺意
アイリス・ジョハンセン
矢沢聖子 訳

組織から追われる少女とお腹に宿った命を守るためハイランドへ飛んだ復顔彫刻家イヴ。数奇な運命がうごめく荒野で彼女たちを待ち受けていた黒幕の正体とは…。

死線のヴィーナス
アイリス・ジョハンセン
矢沢聖子 訳

任務のためには手段を選ばない孤高のCIA局員アリサ。モロッコで起きた女学生集団誘拐事件を追い、手がかりを求め大富豪コーガンに接触を図るが…。

囚われのイヴ
アイリス・ジョハンセン
矢沢聖子 訳

死者の骨から生前の姿を蘇らせる復顔彫刻家イヴ・ダンカン。ある青年の死に秘められた真実が、新たな事件を呼びよせ…。著者の代表的シリーズ、新章開幕!

慟哭のイヴ
アイリス・ジョハンセン
矢沢聖子 訳

殺人鬼だった息子の顔を取り戻そうとする男に追われ、極寒の冬山に逃げ込んだ復顔彫刻家イヴ。満身創痍の彼女に手を差し伸べたのは、思いもよらぬ人物で…。

弔いのイヴ
アイリス・ジョハンセン
矢沢聖子 訳

殺人鬼だった息子の顔を取り戻すためイヴを拉致した男は、ついに最後の計画を開始した。決死の覚悟で挑む闘いの行方は…? イヴ・ダンカン三部作、完結篇!

mirabooks

砂漠に消えた人魚
ヘザー・グレアム
風音さやか 訳

英国貴族たちの遺跡発掘旅行へ同行することになったキャット。参加条件でもあったサー・ハンターとの偽りの婚約が、彼の地で思いもよらぬ情熱を呼び寄せ…。

白い迷路
ヘザー・グレアム
風音さやか 訳

友人の死をきっかけに不可解な出来事に見舞われることになったニッキ。動揺する彼女の前に現れた不思議な魅力をもつ男ブレントとともにその謎に迫るが…。

眠らない月
ヘザー・グレアム
風音さやか 訳

歴史ある瀟洒な邸宅の奇妙な噂を調査しにやってきたダーシー。依頼者のマットとともに真相を追うが、ある晩見た夢をきっかけに何者かに狙われはじめ…。

霧のぬくもり
ヘザー・グレアム
風音さやか 訳

祖父が遺した家に移り住んだクリスティナの前に、連続殺人の罪を着せられ死んだ男の幽霊が現れた。元刑事で初恋の相手ジェドとともに事件の真相を追うことに。

天使は同じ夢を見る
エリカ・スピンドラー
佐藤利恵 訳

5年前の少女連続殺人事件で、犯人を取り逃がした刑事キット。新たな犯行にリベンジを誓うが、かつての犯人を名乗る男から「これは模倣犯だ」と告げられ…。

妄執
エリカ・スピンドラー
細郷妙子 訳

ケイトと夫は待ち望んでいた赤ん坊を養子に迎えたが、その日を境に家族の周囲で不審なことが起こり始める。E・スピンドラー不朽のサスペンスが待望の復刊!